Jörg Olbrich

Henni & Hörg

Zwei Missionare räumen auf

Deutsche Erstausgabe

ISBN 9 783734 787287

© 2015 bei Jörg Olbrich

Cover:	Chris Schlicht
Lektorat:	Christine Rix
Herstellung:	BoD - Books on Demand, Norderstedt
Verlag:	BoD - Books on Demand, Norderstedt

www.joerg-olbrich.de

1

»Du bist ein Halsabschneider«, sagte Henni und sah seinen König vorwurfsvoll an.

»Ich habe dich gewarnt«, brummte Hörg. »Wir hätten Hilmer nicht zu diesem verfluchten Vermögensberaterkurs schicken sollen. Jetzt bezahlen wir den Preis dafür!«

»Wer hätte denn ahnen können, dass er seine Kenntnisse daraus gegen uns verwendet.«

»Es ist, als würde er in die Hand beißen, die ihn füttert«, gab Hörg seinem Freund und Bruder Recht.

»Oder den Ast absägt, auf dem wir sitzen.«

»Findet ihr nicht, dass ihr ein bisschen übertreibt?«, fragte Hilmer grinsend.

»Nein«, sagten Henni und Hörg gleichzeitig.

»Ihr seid meine Berater und könnt froh sein, dass ich euch überhaupt erlaube, nebenbei euren Handel mit den Kaubonbons fortzuführen.«

»Wir verstehen, dass du daran mitverdienen willst. Trotzdem sind 50% zu viel«, beschwerte sich Henni.

»Immerhin zahlst du uns keinen Lohn.«

»Die Staatskassen sind leer«, gab der König entschuldigend zurück.

»Deshalb musst du uns aber nicht in die Armut stürzen«, jammerte Hörg. »Schließlich haben wir auch Kosten bei der Herstellung der Ware.«

Seitdem es Hilmer gelungen war, mit Hilfe seiner Freunde das Komplott des verstorbenen Königs Helmut aufzuklären, und die Massenselbstmorde im Volk der Lemminge ein Ende gefunden hatten, waren zwei Wochen vergangen. Es war nicht einfach, das Volk davon zu überzeugen, dass die Lehren des furchtlosen Wonibalts falsch waren und es kein gelobtes Land gab. In Omega, der Hauptstadt ihres Reiches, hatte sich dies mittlerweile herumgesprochen und Hilmer war als neuer König weitestgehend akzeptiert, es gab aber immer noch zahlreiche Lemminge, die aus den anderen Städten kamen, um den Weg über die Klippen des Todesfelsens zu gehen. Hilmer und der neue Rat der vier Weisen waren sich einig, dass die Selbstmorde endlich aufhören mussten. Zum Rat gehörten neben Henni und Hörg noch Anton und sein Weibchen Paula. Die beiden waren die letzten Überlebenden einer Untergrundorganisation, welche die falschen Lehren des ehemaligen Königs schon immer in Frage gestellt hatte.

Die beiden Erfinder sollten nun die anderen vier Lemmingstädte besuchen und über die wahren Lehren informieren. Henni und Hörg wollten die Gelegenheit nutzen, während dieser Mission auch ihre Kaubonbons zu verkaufen, die verhinderten, dass ein Weibchen trächtig wurde. Durch dieses Verhütungsmittel würde die Bevölkerungszahl der Lemminge ganz ohne Selbstmorde stabil bleiben. Deshalb war Hilmer einverstanden, forderte aber seinen Anteil am Gewinn. Und genau den fanden Henni und Hörg zu hoch.

»Ihr solltet aufhören euch zu beschweren«, unternahm der König einen weiteren Versuch, seine Berater zu überzeugen. »Immerhin finanziere ich euch das Daxi, und ihr müsst nicht laufen.«

»Das Vieh sieht eher aus wie ein Stinktier«, warf Hörg ein und deutete auf das schwarz-weiß gestreifte Wesen, das vor den Karren mit der Ware gespannt war.

»Das täuscht«, sagte Hilmer entschieden. »Wenn Karla kein echter Dachs wäre, hätte sie wohl kaum die Daxiausbildung überstanden.«

»Hat sie die denn überhaupt?«, fragte Henni skeptisch.
»Selbstverständlich«, antwortete der König. »Und jetzt ist Schluss mit dem Diskutieren. Wenn ihr meinen Vorschlag nicht akzeptiert, schicke ich Anton und Paula auf die Mission.«

Hörg wollte gerade zu einer heftigen Erwiderung ansetzen, bekam aber von seinem Bruder einen Schubs, der ihn zum Schweigen brachte.

»Wir beugen uns deiner hoheitlichen Gewalt«, sagte Henni und senkte den Kopf.

Damit war der Streit erst einmal beendet, und die Reise der beiden Missionare konnte beginnen. Von Paula, die mittlerweile endlich trächtig war, und Anton hatten sie sich am Morgen verabschiedet. Auch die Ratte Rosa, die ihnen beim Kampf gegen Helmut eine große Hilfe gewesen war, hatte ihnen bereits viel Glück und Erfolg gewünscht. Ihr Angebot, ihre Söhne Bert und Gerd könnten die beiden Lemminge begleiten, hatten Henni und Hörg abgelehnt. Sicher war es für ihre Mission wenig förderlich, wenn sie mit zwei Ratten durchs Land zogen, auch wenn sie die idealen Beschützer gewesen wären.

»Denkt an die Briefe, die ich euch für die Statthalter mitgegeben habe«, mahnte Hilmer seine beiden Berater. »Das königliche Siegel wird ihre Echtheit beweisen und eure Argumente unterstützen. Es wird sicher nicht leicht werden, alle davon zu überzeugen, dass Helmut ein Betrüger war. Viele Lemminge in den entlegenen Gebieten haben ihren alten König verehrt. Sie haben ihn eben nicht richtig gekannt.«

»Das wissen wir Hilmer«, sagte Hörg und grinste seinen Chef an. »Mach dir nicht zu viele Gedanken um uns. Wir werden unsere Mission schon meistern.«

»Und vergesst nicht, die Briefhummeln zu füttern.

Wenn ihr eine Stadt verlasst, oder es unterwegs Probleme gibt, schickt ihr mir eine Botschaft.«

»Das haben wir doch alles schon besprochen.« Henni deutete auf die hintere Klappe des Wagens, wo die Nachrichtenübermittler des Königs in kleinen Käfigen untergebracht waren. »Deinen Hummeln geht es gut. Wir werden schon aufpassen, dass ihnen nichts passiert.«

»Dann steht der Reise jetzt nichts mehr im Weg«, sagte Hilmer und klopfte zuerst Henni und dann Hörg auf die Schulter. »Ich wünsche euch viel Erfolg.«

2

»Wenn wir wieder zurück sind, müssen wir unsere Position neu verhandeln«, sagte Henni zu seinem Bruder, als Hilmer außer Hörweite war.

»Darauf kannst du wetten. Wir sind mit Helmut fertig geworden, da werden wir uns auch von Hilmer nicht über den Tisch ziehen lassen. Wäre ja noch schöner.«

»Dabei bezahlt er nicht einmal die Unmengen an Kaubonbons, die er für seine eigenen Weibchen braucht«, maulte Henni weiter.

»Wenn er das täte, könnten wir beide uns zur Ruhe setzen«, stimmte Hörg zu. Beide lachten.

In Omega hatte sich sehr viel zum Guten gewendet, seit Hilmer König war. Das wussten die beiden Erfinder nur zu gut. Unter Helmut hätten sie jetzt nur noch zwei Wochen zu leben und wären danach gezwungen gewesen, den Weg über die Todesklippe zu gehen. Dieser Kelch war an ihnen und vielen anderen vorübergegangen. Zugegebenermaßen freute sich darüber nicht jeder Lemming. Aber auch die letzten Zweifler würden irgendwann noch überzeugt werden.

Ein gellender Schrei zeigte den beiden Brüdern, dass es bis dahin aber noch eine ganze Weile dauern würde.

»Und wieder einer, der sich allen Verboten zum Trotz das Leben genommen hat«, stellte Hörg überflüssigerweise fest.

»Es war klar, dass die Hinweisschilder niemanden aufhalten würden«, sagte Henni. »Wenn Hilmer keine Wachen aufstellt, werden immer wieder Lemminge zum Todesfelsen gehen und die Klippe hinunterspringen.«

»Das werden auch die Soldaten nicht verhindern können.«

»Was willst du sonst tun? Du kannst ja niemanden nach dem Selbstmord bestrafen.«

»Auch wieder wahr«, gab Hörg zu. »Wenn unsere Mission erfolgreich verläuft, kommen aber keine Lemminge mehr von außerhalb hierher. Damit wäre schon viel gewonnen. Es wird aber weiterhin einzelne Ignoranten geben, die immer noch glauben, dass das gelobte Land existiert.«

Mittlerweile hatten sich die beiden Erfinder schon so weit von der Stadt entfernt, dass diese nicht mehr zu sehen war. Lediglich der Todesfelsen ragte noch als Mahnmal für die sinnlosen Freitode hinter ihnen auf.

Henni und Hörg wollten auf dem Weg in die vier anderen Städte ihres Volkes Routen benutzen, die auch von den Lemmingen gegangen wurden, die auf dem Weg zur Stätte ihres Todes waren, um unterwegs Selbstmordkandidaten von ihrem Vorhaben abzuhalten und zur Rückkehr aufzufordern.

Die Hauptstadt Omega, mit dem Palast des Königs, wurde von vier weiteren Städten eingerahmt. Alpha im Süden, Beta im Osten, Gamma im Westen und Delta im Norden. Henni und Hörg wussten aus alten Karten, dass letztere auf der anderen Seite eines Flusses lag und die Lemminge dort einen eigenen Felsen hatten, von dem sie ihren Weg ins gelobte Land fanden. Von dort waren schon sehr lange keine Nachrichten mehr gekommen und die Missionare wussten nicht einmal, ob es die Stadt überhaupt noch gab.

Plötzlich blieb das Daxi abrupt stehen. Bevor Hörg Karla mittels der Peitsche zum Weitergehen überreden konnte, hob sie den Schwanz an und entließ eine stinkende, grüne Wolke aus ihrem Hinterteil, welche die beiden Lemminge auf dem Wagen sofort einhüllte. Während Henni einfach bewusstlos zur Seite kippte und auf den Boden fiel, hielt sich Hörg die Hand vor die Nase, sprang auf den Weg und rannte zur Wiese. Dort ging er auf die Knie und übergab sich zwischen die Halme. Die Nebelschwaden in seinem Hirn schafften es beinahe, auch ihn ins Reich der Bewusstlosigkeit zu ziehen, doch nach ein paar tiefen Atemzügen ging es Hörg zumindest wieder so gut, dass er die Umgebung vor sich klar erkennen konnte, auch wenn sich sein Magen anfühlte, als hätte er faule Pflaumen gegessen.

Der Erfinder schaute zu seinem Bruder, der regungslos neben dem Wagen lag. Weil er sich noch immer zu matt fühlte, um aufrecht zu gehen, kroch Hörg auf allen vieren zu seinem Partner und rüttelte ihn leicht an der Schulter.

»Was ist passiert?«, fragte Henni verwirrt. Dann übergab auch er sich und hatte Glück, dass er dabei weder seinen Bruder noch sich selbst beschmutzte.

»Das Stinktier hat uns eine Ladung seiner Abgase vor die Nase geschossen«, ächzte Hörg. »Offensichtlich hat uns Hilmer in Bezug auf das Daxi nicht die volle Wahrheit gesagt.«

»Dafür wird er bezahlen«, sagte Henni und setzte sich langsam auf.

»Darauf kannst du einen lassen.«

»Das hat das Daxi schon getan.«

»Wie auch immer. Damit kommt Hilmer nicht durch. Wenn wir zurück sind, führen wir neue Preisverhandlungen. Und wenn wir den König vor das Hinterteil dieses angeblichen Dachses binden müssen, bis er unsere Bedingungen akzeptiert.«

»So wird es gemacht«, stimmte Henni seinem Bruder zu. »Lass uns jetzt aber weiterfahren. Sonst kommen wir heute noch nicht einmal außer Sichtweite des Todesfelsens.«

Karla stand wie die Unschuld vom Lande vor dem Wagen und sah die beiden Lemminge aus treuen Augen an.

»Das Tier bekommt ab jetzt nur noch leicht verdauliche Kost«, schimpfte Hörg, als er auf den Wagen kletterte und die Zügel in die Hand nahm.

»Oder nur noch Wasser. Vielleicht können wir Karla ja auf einem der Rasthöfe gegen ein richtiges Daxi eintauschen. Wenn das Vieh nicht spurt, kommt es in den Schlachthof.«

Als hätte Karla Hennis Drohung verstanden, setzte sie sich ohne Aufforderung in Bewegung und fiel in einen leichten Trab. Dachse gehörten zu den dümmsten Wesen, die im Reich der Lemminge bekannt waren. Sie konnten nicht sprechen und führten normalerweise jeden Befehl ihres Herrn aus, um ausreichend Futter zu bekommen. Stinktiere standen noch eine Stufe unter den Dachsen, was Karla kurz zuvor eindrucksvoll unter Beweis gestellt hatte.

Henni und Hörg fühlten sich immer noch benommen und beide waren froh, dass sie sich nicht ein weiteres

Mal übergeben mussten. Die nächsten beiden Stunden verbrachten sie schweigend.

Endlich sahen sie vor sich einen der vielen Rasthöfe, die es überall an den Straßen zwischen den Städten gab. In der Regel brachten die Lemminge hier ihre Barschaft unter die Leute, bevor sie sich auf ihren letzten Weg über den Schicksalsberg machten.

Henni und Hörg hatten Glück, dass es keine weiteren Gäste gab und sie sich ungestört in ihr Zimmer begeben konnten, nachdem sie Karla und den Wagen in den Stall gebracht hatten.

Beide schliefen sofort ein, als sie sich auf das Lager betteten. Der Beginn ihrer Reise war weit anstrengender verlaufen, als die Lemminge es sich gedacht hatten. Sie konnten nur hoffen, dass sie ab morgen besser mit ihrem Gefährt zurechtkamen und die Warnzeichen vor einer weiteren Giftgasentladung des Daxis früher erkannten.

3

Nach einem ausgiebigen Frühstück machten sich die beiden Lemminge am nächsten Morgen auf den Weg in Richtung Beta, die sie noch an diesem Tag erreichen wollten. Karla bekam eine Handvoll Nüsse, die hoffentlich keine unangenehmen Auswirkungen auf ihre Verdauung haben würden.

Leider funktionierte dieser Plan nicht wirklich. Während der nächsten Stunde blieb das Daxi zweimal stehen. Beide Male schafften es die Lemminge aber rechtzeitig vom Wagen herunterzukommen, bevor das Vieh seine stinkende Ladung verströmen konnte. Es dauerte danach jeweils mehrere Minuten, bis sich der Nebel so weit verzogen hatte, dass die beiden ihre Reise fortsetzen konnten. Henni und Hörg waren sich einig, dass sie lieber nicht wissen wollten, was sich im Magen und Gedärm dieses Wesens tat.

Nach Karlas zweiter Entladung gesellte sich ein Schwarm Fliegen zu den Reisenden und begleitete sie auf dem weiteren Weg. Offensichtlich machte es ihnen nichts aus, durch die Wolke zu schweben, die aus dem Hinterteil des Daxis kam. Im Gegenteil wurden sie sogar davon angezogen. Henni versuchte zunächst die fliegenden Störenfriede mit den Pfoten zu verjagen, gab aber kurze Zeit später resignierend auf.

»Das ist alles Hilmers schuld. Der Typ kann echt was erleben, wenn wir nach Hause kommen.«

»Für die Fliegen kann er nun wirklich nichts«, versuchte Hörg seinen Bruder zu beschwichtigen.

»Doch, das kann er«, widersprach Henni. »Wenn er uns ein vernünftiges Daxi und nicht so eine wandelnde Stinkbombe besorgt hätte, würden uns auch diese schwirrenden Plagegeister nicht heimsuchen.«

»Das ist ein Argument.«

»Am liebsten würde ich umkehren.«

»Du gibst zu schnell auf. Wir haben noch nicht einmal Beta erreicht. Die großen Abenteuer liegen noch vor uns. Außerdem werden wir gute Geschäfte machen. Wenn wir die Ladung Kaubonbons verkauft haben, wirst du zufrieden sein.«

»Mag sein«, gab Henni zu. »Im Moment würde ich mich allerdings lieber zu Hause mit einem Weibchen vergnügen.«

»Das kannst du später auch noch«, sagte Hörg grinsend. »Seitdem wir das Verhütungsmittel erfunden haben, können wir uns vor Angeboten kaum retten. Alle Mädels wollen ausprobieren, ob die Kaubonbons funktionieren. Am liebsten mit uns.«

»Und genau aus diesem Grund wäre ich jetzt lieber zu Hause. Wer geht schon auf die Jagd, wenn er den Braten daheim hat?«

Gegen dieses Argument konnte Hörg nichts mehr vorbringen. Auch er wusste die Vorzüge, die das Leben in Omega den beiden Erfindern bot, durchaus zu genießen. Er war aber auch froh, endlich einmal etwas anderes zu sehen. Weibchen gab es schließlich überall.

»Wenn man etwas von Karlas Ausscheidungen einfangen könnte, wäre das eine wunderbare Waffe«, sagte Henni nach einer Weile.

»Kann es sein, dass du heute eine gefährliche Grundstimmung hast?«, gab Hörg lachend zurück.

»Warum?«

»Wir unternehmen diese Mission in erster Linie, um die Selbstmorde in unserem Volk zu beenden, und du sprichst von Waffen.«

»Man muss sich ja verteidigen können. Die Wege zwischen den Städten sind gefährlich.«

»Wir werden uns schon zu wehren wissen, wenn uns jemand angreift. Ich wüsste allerdings nicht, wer das sein sollte. Bisher sind wir niemandem begegnet.«

»Das wird sich ändern. Ich bin mir sicher, dass wir unterwegs noch auf Lemminge treffen, die auf dem Weg zum Schicksalsberg sind. Immerhin werden jeden Tag ein paar aus unserem Volk fünfzehn Monate alt.«

»Soweit ich weiß, gibt es größere Gruppen, zu denen sie sich zusammenschließen. Viele Lemminge reisen ein paar Tage vor ihrem geplanten Tod nach Omega, um sicherzugehen, dass sie pünktlich am Todesfelsen sind.«

»Es wundert mich trotzdem, dass wir noch keinen getroffen haben. Nicht einmal im Gasthaus war etwas los.«

»Ich verstehe dich nicht Henni. Zuerst willst du dich gegen irgendwelche nicht vorhandenen Angreifer verteidigen und dann beschwerst du dich, dass wir niemanden treffen.«

»Ich bin eben unausgeglichen. Daran sind nur die Fliegen und dieses stinkende Daxi schuld.«

Hörg sah seinen Bruder an und fing an zu lachen. Er wusste, dass Henni in dieser Stimmung für keine vernünftigen Argumente offen war. Wenn er jammern wollte, dann tat er das. Egal, ob es einen plausiblen Grund dafür gab oder nicht. Die nächsten Minuten verbrachten die beiden Lemminge schweigend. Henni litt stumm vor sich hin und Hörg dachte mit Freuden an die Abenteuer, die sie auf ihrem weiteren Weg noch erleben würden.

4

Gegen Mittag, Henni versuchte gerade Hörg davon zu überzeugen, dass es nun endlich Zeit war, eine Rast einzulegen, sahen die beiden Missionare dann doch einen anderen Lemming. Er kauerte auf dem Boden und versteckte sich hinter einem Stein, sodass Reisende, die aus Beta kamen, ihn nicht sehen konnten. Hörg schätzte, dass er maximal vier Monate alt sein konnte.

»Ein Wegelagerer«, sagte Hörg und hielt das Daxi an.

»Na, der kommt mir gerade recht«, zischte Henni.

»Was hast du vor?«

»Ich werde das Bürschchen davon überzeugen, dass es sich nicht gehört, harmlosen Reisenden aufzulauern.« Entschlossen stieg Henni vom Wagen und schritt leise auf den Halbstarken zu.

Hörg wusste, dass er es nicht schaffen würde, seinen Bruder aufzuhalten. So folgte er ihm, um notfalls eingreifen zu können, sollte Henni das Kerlchen zu hart rannehmen.

Als sie näher an den Wegelagerer herankamen, erkannte Hörg, dass es sich bei dem Lemming tatsächlich um einen Halbwüchsigen handelte, der vermutlich noch nicht einmal die Geschlechtsreife erreicht hatte. Als die beiden Missionare fast bei ihm waren, drehte er sich blitzschnell um und schrie wie am Spieß.

»Sei still«, schimpfte Henni, holte aus und verpasste dem Knaben eine schallende Ohrfeige. Sofort ging das Schreien in ein leises Wimmern über.

Henni und Hörg wechselten einen stummen Blick. Beiden war klar, dass sie das Bürschchen nicht unterschätzen durften. Er musste es faustdick hinter den Ohren haben, wenn er sich traute, Reisenden allein aufzulauern.

»Seid ihr echt?«, fragte der Wegelagerer, bevor die beiden Brüder dazu kamen, ihrerseits eine Frage zu stellen.

»Was willst du?«, gab Henni böse zurück.

»Ihr kommt aus der falschen Richtung«, wimmerte der Knabe. »Noch nie ist einer vom Schicksalsberg zurückgekehrt. Seid ihr Geister?«

»Du spinnst doch«, schimpfte Henni und verpasste dem Kerlchen eine weitere Ohrfeige. »Und jetzt sag mir deinen Namen.«

»Wolfi.«

»Stimmt das auch?«, fragte Henni und holte ein weiteres Mal aus.

»Warum sollte ich euch anlügen?«

»Wir stellen hier die Fragen«, sagte Hörg und hielt

Hennis Arm fest, der bereits verdächtig zuckte. Eigentlich neigte sein Bruder nicht zu Gewalttätigkeiten. Heute schien er aber in Wolfi ein passendes Opfer gefunden zu haben, an dem er seinen durch die Strapazen des Tages aufgestauten Zorn abreagieren konnte. »Was treibst du hier?«

»Nichts. Ich ruhe mich nur aus.«

Bevor Hörg reagieren konnte, traf Hennis Hand erneut Wolfis Backe. Diesmal musste er allerdings zugeben, dass der Kleine den Treffer verdient hatte.

»Soll ich die Wahrheit aus dir herausprügeln?«, schrie Hörg und sah Wolfi böse an. »Oder möchtest du, dass mein Freund dies tut?«

»Ich warte auf Reisende«, gab der Knabe leise zu.

»Damit du sie überfallen kannst«, vermutete Hörg. »Du solltest dich schämen.«

»So ist es nicht«, sagte Wolfi schnell. »Ich biete den Herrschaften meine Dienste an.«

Jetzt war es Hörg, der sich nicht beherrschen konnte. Ohne Vorwarnung versetzte er Wolfi eine Rechts-links-Kombination schallender Ohrfeigen. »Harmlose Lemminge ausrauben und ihnen ihr letztes Geld stehlen, mit dem sie sich vor ihrem Tod noch ein paar schöne Stunden machen wollten, und dann auch noch lügen.«

»Ich mache das doch nur, damit ich mir etwas zu essen kaufen kann«, heulte Wolfi.

»Hast du es einmal mit ehrlicher Arbeit versucht?«, fauchte Henni.

»Was soll ich denn machen? Meine Familie beklaut Reisende schon seit vielen Generationen. Jetzt sind alle zum Schicksalsberg aufgebrochen und ich bin allein. Ich kann nichts anderes als stehlen.«

»Dann wird es Zeit, dass du etwas lernst. Du kommst

auf jeden Fall mit uns. Dann werden wir sehen, was wir mit dir machen.« Hörgs Stimme ließ keinen Widerspruch zu.

Die beiden Missionare nahmen den Tunichtgut in die Mitte und führten ihn zum Wagen. Plötzlich blieb Wolfi stehen und zwickte Henni ins Bein.

»Was soll denn das jetzt werden?«, schrie er und holte aus, um dem Hänfling eine weitere Maulschelle zu verpassen.

»Nicht hauen«, wimmerte Wolfi und wich einen Schritt zurück.

»Du hast angefangen«, entgegnete Henni und rieb sich die gepeinigte Stelle.

»Ich wollte mich nur vergewissern, dass ihr auch wirklich keine Geister seid«, sagte Wolfi kleinlaut. »Es ist wirklich noch nie jemand aus derselben Richtung gekommen wie ihr.«

»Ich sag dir jetzt mal was«, fauchte Henni. »Es ist mir völlig egal, ob du mir glaubst oder nicht, aber es gibt kein gelobtes Land. Die Massenselbstmorde sind Geschichte, und du wirst dich daran gewöhnen müssen, dass der Pfad in beide Richtungen benutzt wird. Das ist aber im Moment nicht dein größtes Problem. Zunächst wirst du dich für deine Taten verantworten müssen.«

»Ihr wollt mich den Wachen übergeben?«

»Natürlich«, antwortete Hörg. »Was hast du denn gedacht?«

Wolfi schwieg und stieg nach Hennis Aufforderung auf den Wagen. Noch hatten ihn die beiden Missionare nicht gefesselt. Henni hatte dem Kerlchen aber unmissverständlich erklärt, dass genau das passieren würde, falls er sich auch nur die geringste Kleinigkeit leisten sollte.

5

Während der folgenden Stunde erfreute Henni Wolfi mit einem Vortrag über Recht und Unrecht, während sein Bruder halb schlafend auf dem Wagen saß. Die beiden Missionare wussten selbst nicht, was sie mit dem halbwüchsigen Wegelagerer anfangen sollten. Auf jeden Fall würde er in Beta bleiben müssen. Sollte sich doch der Statthalter um den Nichtsnutz kümmern.

Wie immer ohne Vorwarnung legte Karla einen ihrer bei den Brüdern inzwischen gefürchteten Stopps ein. Sie sprangen sofort auf ihrer Seite vom Wagen und entfernten sich ein paar Meter vom Gefährt. Wolfi, der nicht wissen konnte, was passieren würde, wenn das Daxi den Schwanz hob, blieb ruhig auf seinem Platz sitzen und wurde von der Gaswolke eingehüllt. Henni und Hörg rechneten damit, dass der Halbwüchsige bewusstlos vom Wagen fiel – aber genau das passierte zu ihrer großen Überraschung nicht. Der kleine Strauchdieb blieb auf der Bank hocken, als wäre nichts passiert, und grinste die beiden Brüder nur an.

»Was ist denn mit euch los?«

»Das sollten wir dich fragen!«, entgegnete Henni.

»Wieso?«

»Riechst du das denn nicht?«, fragte Hörg verwundert.

»Nein. Ich verstehe nicht, was du meinst.«

»Das Daxi entlässt furchtbare Gase, die einem Hören und Sehen vergehen lassen«, antwortete Henni. »Du hast mitten in dieser Wolke gesessen. Es ist kaum zu glauben, dass du nichts davon gemerkt hast.«

»Ich habe mir als Welpe die Nase gebrochen und dabei meinen Geruchssinn verloren.«

»Der Gestank legt sich einem auch auf die Zunge«, sagte Henni.

»Davon spüre ich nichts.«

Hörg zog seinen Bruder zur Seite und forderte ihn auf, ihm zu folgen.

»Was ist denn los?«, fragte Henni irritiert.

»Ich habe eine Idee, was wir mit dem Kleinen machen können.«

»Ich auch. Wir lassen ihn in den Kerker werfen.«

»Jetzt hör doch mal zu. Wolfi wäre der ideale Pfleger für Karla. Wir können uns in den Städten kaum um das Daxi kümmern. Für ihn wäre es aber ein guter Start in ein geregeltes Leben.«

»Ich mag diesen kleinen Wegelagerer nicht«, entgegnete Henni.

»Du bist voreingenommen. Gib ihm doch wenigstens eine Chance. Wenn er versagt, können wir ihn immer noch den Wachen des Statthalters ausliefern.«

»Vielleicht hast du recht«, gab Henni nach kurzem Zögern zu. »Wenn er sich aber nicht benimmt, bekommt er eine Tracht Prügel.«

»Er wird uns nicht enttäuschen. Du wirst schon sehen.«

»Geht es jetzt endlich weiter?«, fragte Wolfi, nachdem sich die beiden Missionare wieder zu ihm auf den Wagen gesetzt hatten.

»Sei nicht so frech«, blaffte Henni, schwieg aber dann nach einem mahnenden Blick seines Bruders.

»Wir haben vielleicht einen Job für dich«, sagte Hörg.

»Ich dachte, ich soll ins Gefängnis.«

»Da kommst du auch hin. Es sei denn, du arbeitest für uns. Gegen Bezahlung versteht sich.«

»Was soll ich denn machen?«, fragte Wolfi, der jetzt offensichtlich neugierig geworden war.

»Wenn du willst, kannst du dich ab sofort um Karla kümmern. Du bekommst Essen und einen Platz zum

Schlafen. Wenn du die Arbeit gut erledigst, können wir in einer Woche auch über ein kleines Taschengeld reden.«

»Habe ich eine andere Wahl?«

»Natürlich hast du die«, antwortete Hörg und grinste Wolfi böse an. »Wenn du ablehnst, gehst du in den Kerker.«

Auch wenn Henni nicht völlig überzeugt war, einigten sich die drei Lemminge darauf, es zunächst ein paar Tage miteinander zu versuchen. Der Halbwüchsige zeigte sich sehr erleichtert darüber, dem Kerker bis auf Weiteres entkommen zu sein, und verhielt sich seinen Arbeitgebern gegenüber höflich und unterwürfig. Jetzt konnten die drei nur noch hoffen, dass sie unterwegs keine Lemminge trafen, die Wolfi beraubt hatte. Sehr wahrscheinlich waren seine Opfer aber mittlerweile alle über den Schicksalsberg gegangen oder noch auf dem Weg dorthin.

»Schaut mal da vorne«, rief Wolfi plötzlich aufgeregt und deutete mit dem Finger zur rechten Seite des Weges.

»Ich sehe nichts«, sagte Hörg.

»Ich auch nicht«, pflichtete ihm Henni bei.

»Da glänzt etwas.«

»Wo denn?«, fragte Hörg ungeduldig. »Ich kann nichts erkennen.«

»Es ist direkt vor uns, vielleicht hundert Meter entfernt.«

Nachdem sie noch ein Stück weiter gefahren waren, konnten auch die beiden Missionare sehen, dass dort etwas lag.

»Deine Augen sind deutlich besser als dein Geruchssinn«, sagte Henni lobend. Dann zog er an den Zügeln, damit Karla stehen blieb, und stieg vom

Wagen hinunter.

»Sieht wie eine Art Plane aus«, sagte Hörg, der seinem Bruder, genau wie Wolfi, gefolgt war.

»Ich würde eher sagen, das ist ein Handschuh«, entgegnete Henni. »Allerdings muss der einem Riesen gehören.«

In der Tat waren die einzelnen Finger eines Handschuhs zu erkennen. Es hatte sich Wasser darauf gesammelt, auf dem sich die Sonnenstrahlen spiegelten. Dadurch war Wolfi auf das Ding aufmerksam geworden.

»Das ist wirklich ein eigenartiger Fund«, sagte Hörg. Er griff nach einem Finger und zog ihn hoch, um ihn sich genauer anschauen zu können. Das Material war fast durchsichtig und Hörg nahm an, dass der Handschuh aus einer Art Gummi gefertigt worden war.

»Was machen wir jetzt damit?«, fragte Henni und sah seinen Bruder ratlos an.

»Wir nehmen das Ding mit«, antwortete er.

»Wozu?«

»Das weiß ich auch noch nicht. Wenn uns nichts Besseres einfällt, können wir daraus eine Plane schneiden und den Wagen abdecken. Zunächst einmal sollten wir diesen Handschuh lassen, wie er ist. Vielleicht können wir ihn in Beta ja auch zu Geld machen.«

»Wenn du meinst.« Henni schien nicht so überzeugt zu sein, wie sein Bruder, sagte aber nichts mehr dagegen und half Hörg und Wolfi dabei, den Gummihandschuh zum Wagen zu ziehen.

Er war deutlich schwerer, als es die drei Lemminge erwartet hatten, und sie waren schweißgebadet, als sie ihr Ziel endlich erreichten. Der schwierigste Teil der Arbeit bestand allerdings darin, die Last auf die

Ladefläche zu bekommen. Schließlich kletterten Henni und Hörg auf die Kisten mit den Kaubonbons und zogen den Handschuh von oben hinauf. Beide waren völlig ausgepumpt, nachdem sie es endlich geschafft hatten, ihn auf dem Wagen festzubinden. Auch Wolfi, der die Brüder vom Boden aus unterstützt hatte, lag schwer atmend mit dem Rücken auf der Wiese.

»Das wäre erledigt«, sagte Hörg erleichtert und wischte sich den Schweiß aus dem Gesicht.

»Jammere nicht«, entgegnete Henni. »Schließlich war es deine Idee, das Ding mitzuschleppen. Vermutlich werfen wir es irgendwann weg, weil wir keine Verwendung dafür haben.«

»Fang jetzt nicht an darüber zu diskutieren. Du hättest ja gleich sagen können, dass wir den Handschuh hierlassen sollen.«

»Schon gut«, lenkte Henni ein. »Vielleicht hast du ja recht. Lass uns jetzt aber weiterfahren. Wir haben genug Zeit verloren und wollen Beta heute noch erreichen.«

Die drei stiegen wieder auf ihre Sitzbank und Henni gab dem Daxi den Befehl weiterzulaufen.

6

Gegen Mittag steuerten die drei Lemminge auf einen Wald zu. Hörg hoffte, dass sie ihr weiterer Weg nicht zwischen den Bäumen hindurchführen würde. Er mochte die hölzernen Riesen nicht und fühlte sich unsicher, wenn sie ihn umgaben. Auch wenn Lemminge im Gestrüpp relativ sicher vor Raubvögeln waren, gegen die sie sich auf offenen Wiesen und Feldern kaum wehren konnten, wollte er lieber sehen, wohin er ging. Der Wald war finster und der Weg oft beschwerlich. Dabei würde das Daxi mit dem Wagen die Sache nicht einfacher machen.

Hörgs Sorge blieb zunächst unbegründet, der Weg führte an den Bäumen vorbei und er atmete erleichtert auf, als er etwa eine halbe Stunde später vor sich das Ende des Waldes sah.

»Wie wäre es mit einer Rast?«, schlug Henni vor, während sie langsam auf eine Weggabelung zu rollten.

»Gute Idee«, stimmte Hörg zu. Auch er war es leid, den ganzen Tag auf dem Wagen zu hocken. »Wie es aussieht, dauert es noch einige Zeit, bis wir Beta erreichen.«

»Wir müssen hier nach links abbiegen und weiter am Wald entlang«, sagte Wolfi, der sich von den drei Reisenden in dieser Gegend am besten auskannte. »In der anderen Richtung geht es nach Alpha.«

»Wie weit ist es noch?«, fragte Hörg weiter.

»Die ersten Häuser werden wir noch vor der Dämmerung erreichen, wenn wir nicht zu lange Pause machen.«

»Befindet sich der Palast des Stadtverwalters im Zentrum?«, wollte Henni wissen.

»Ja«. Antwortete Wolfi. »Bis wir dort sind, ist es sicher dunkel.«

»Dann sollten wir vorher doch noch in einem Gasthaus übernachten und Siegfried morgen früh aufsuchen.«

»Wen?«, fragte Henni.

»Den Stadtverwalter. Wie ich sehe, hast du dich mal wieder gar nicht auf unsere Aufgabe vorbereitet. Hast du gepennt, als uns Hilmer die Namen der wichtigsten Leute, die wir aufsuchen müssen, genannt hat?«

»Da muss ich wohl tatsächlich kurz eingenickt sein«, gab Henni grinsend zu.

Hörg ging nicht weiter auf das Thema ein. Er

vermutete, dass sein Bruder in Gedanken wieder bei irgend- welchen Weibchen gewesen war.

Als die Reisenden die Weggabelung fast erreicht hatten, hörten sie aus der Richtung, in der Beta lag, eine Gruppe Lemminge auf sich zukommen, die in offensichtlicher Vorfreude auf den Schicksalsberg das Lied ihres Volkes sangen.

> In einem dichtbewohnten Land
> sehnt sich ein jeder nach der Zeit,
> wo er mit Freunden an der Hand
> macht sich zum großen Sprung bereit.
>
> Und wenn ein Lemming sieht den Fels,
> hat er das große Ziel erreicht,
> reibt sich vor Freude seinen Pelz,
> und fühlt sich plötzlich federleicht.
>
> Und diese Klippe, die ich meine,
> führt ins Jenseits,
> ohne Weg zurück nur noch ins Jenseits.
> Jenseits, hochgelobtes Jenseits.
> Jenseits!
> Jenseits!
> Jenseits, ich sehne mich nach dir!

»Ich hasse dieses Lied«, sagte Henni und schüttelte angewidert den Kopf. »Hilmer sollte es verbieten.«

»Das wird er sicher noch tun«, vermutete Hörg.

»Hoffentlich. Auf jeden Fall werden wir den fröhlichen Sängern sagen müssen, dass sie nach Hause zurückkehren sollen.«

»Sie werden sich nicht darüber freuen.«

»Nein, Hörg. Vermutlich nicht.«

Die beiden Gruppen kamen etwa gleichzeitig an der Weggabelung an, wobei die Selbstmörder aus Beta wesentlich überraschter waren, andere Lemminge zu sehen, als die Missionare, die sich ja darauf schon hatten vorbereiten können.

»Ihr fahrt in die verkehrte Richtung«, sagte einer der sieben Reisenden, nachdem er sich vom ersten Schrecken erholt hatte.

»Wo habe ich das heute nur schon einmal gehört?«, sagte Henni und grinste Wolfi an, der ratlos zwischen den beiden Missionaren saß und nicht so recht zu wissen schien, wie er sich nun verhalten sollte.

»Wir sind auf dem Weg nach Beta«, erklärte Hörg den Selbstmördern.

»Das ergibt keinen Sinn«, sagte der Lemming, der auch vorher schon gesprochen hatte. »Ich kann mich nicht daran erinnern, dass unsere Stadt jemals von einem anderen Lemming besucht wurde. Wenn ihr zum Schicksalsberg wollt, müsst ihr umkehren.«

»Wir werden nicht über den Todesfelsen gehen«, sagte Henni entschieden. »Und ihr auch nicht.«

»Was soll das heißen?«

»Es gibt einen neuen König in Omega. Vor seiner Krönung hat Hilmer herausgefunden, dass Wonibalts Lehren falsch sind und kein gelobtes Land existiert.«

»Wir haben nicht unwesentlich dazu beigetragen, diese Lüge aufzudecken«, ergänzte Henni.

»Seid ihr verrückt? So einen Blödsinn habe ich ja noch nie gehört.« Die anderen Lemminge überließen ihrem Sprecher das Reden und sahen die beiden Missionare stumm an. Ihre Blicke zeigten eine Mischung aus Angst und Ablehnung.

»Wie heißt du?«

»Norbert.«

»Mein Name ist Hörg und das ist mein Bruder Henni. Wir gehören dem Rat der vier Weisen an, der den König bei seinen Entscheidungen berät. Wenn ihr uns nicht glaubt, könnt ihr gerne zum Palast gehen und dort nachfragen. Zum Schicksalsberg kommt ihr allerdings nicht.«

»Das ist ja furchtbar«, sagte Norbert und sah zuerst die beiden Missionare und dann seine Mitreisenden mit großen Augen an. »Wir haben uns doch so auf unseren großen Tag gefreut.«

»Das wissen wir«, sagte Hörg voller Verständnis. »Und dennoch ist euer Weg falsch. Euer Tod würde keinen Sinn machen.«

»Ich verstehe das nicht.«

»Glaub mir, Norbert«, unternahm Hörg einen weiteren Versuch, den Lemming zu überzeugen. »Es gibt kein gelobtes Land. Geht nach Hause.«

»Das können wir nicht.«

»Warum nicht?«, wollte Henni wissen.

»Naja, meine Freunde könnten schon umkehren«, gab Norbert zu. »Aber bei mir ist das etwas anderes.«

»Das verstehe ich jetzt nicht«, sagte Hörg.

»Ich bin beim Stadtverwalter in Ungnade gefallen, weil ich ihm in sein Schreibzimmer gepinkelt habe. Ich mag Siegfried nicht und dachte, wenn ich sowieso sterben muss, kann ich mich auch gebührend verabschieden. Was soll ich denn jetzt machen?«

»Es wird dir schon etwas einfallen«, sagte Hörg. »Du kannst ja auch in eine andere Stadt ziehen.«

»Kann ich nicht bei euch bleiben?«

»Das macht wenig Sinn, Norbert«, sagte Henni. »Schließlich wollen wir zu Siegfried.«

»Was ist mit euch?«, fragte Hörg die Lemminge, die bisher geschwiegen hatten.

»Wir wollen zum Schicksalsberg«, sagten sie wie aus einem Mund.

»Sagt mal seid ihr bescheuert?«, regte Henni sich auf. »Habt ihr überhaupt ein Wort von dem verstanden, was wir euch gesagt haben.«

»Vielleicht irrt sich euer Hilmer ja und es gibt das gelobte Land doch«, sagte eines der beiden Weibchen in der Gruppe.

Henni überlegte einen Moment, ob er ihr ein paar Kaubonbons geben und sie von den Vorzügen des Lebens überzeugen sollte, verschob den Gedanken dann aber auf später. »Das wird mir jetzt zu dumm«, sagte er dann. »Wenn ihr nicht auf uns hören wollt, dann geht eben zum Schicksalsberg und lasst euch dort von den Wachen zurückschicken.«

»Du musst nicht gleich beleidigt sein«, sagte Norbert.

»Das bin ich nicht«, sagte Henni. »Ich habe nur keine Lust mehr, mit euch zu diskutieren. Mein Bruder und ich haben eine Aufgabe zu erfüllen. Kommt ihr nun mit uns, oder nicht?«

»Ich kann nicht zurück.«

»Das sagtest du bereits«, wies Hörg Norbert zurecht. »Dann geh eben nach Alpha oder über den Fluss nach Norden. Du hast die Wahl.«

Nach einigem Hin und Her entschieden sich die anderen Lemminge, gemeinsam mit den Missionaren zurück nach Beta zu gehen. Dort würden sie aber zunächst mit Siegfried sprechen, um zu erfahren, wie der Stadtverwalter zur neuen Ordnung in ihrem Volk stand. Erst wenn er als ihr Oberhaupt die Lehren des Rats der vier Weisen akzeptierte, wollten auch sie endgültig auf ihren Selbstmord verzichten. Dieser Kompromiss fiel gerade den fünf Männchen besonders schwer, die bereits vor Wochen damit begonnen hatten, am heimischen See die verschiedensten Sprung- techniken auszuprobieren. Da allgemein bekannt war, dass ein Lemming eher versuchte, die Berührung mit Wasser zu vermeiden, als hineinzuspringen, konnte man dieses Training nicht hoch genug bewerten.

Norbert folgte Hörgs Vorschlag und trennte sich von der Gruppe, um in Richtung Alpha zu ziehen. Sein Abschied von den Freunden, mit denen er gemeinsam hatte ins gelobte Land einziehen wollen, war tränenreich. Weil er sich nun allein auf den Weg machen musste, fiel es Norbert besonders schwer, auf den Selbstmord zu verzichten.

7

Die Lemminge aus Beta liefen schweigend und mit gesenkten Köpfen vor Karla und dem Wagen her. Vereinzelt waren Klagelaute zu hören und die beiden Weibchen weinten sogar.

Henni und Hörg kamen sich wie auf einem Trauerzug vor. Sie grinsten sich immer wieder zu und konnten sich das Lachen gerade so verkneifen.

Die Missionare hatten nicht damit gerechnet, dass ihre Botschaft auf viel Freude unter den Lemmingen stoßen würde, die sich gerade auf ihren Tod vorbereiteten. Nach dem ersten Schock sollten sie sich aber freuen, weiterleben zu dürfen. So war es zumindest bei der Bevölkerung in Omega gewesen. Die Gruppe hier zeigte sich allerdings ganz besonders leidensfähig.

Wolfis Vorhersage bestätigte sich und die Reisenden erreichten die ersten Häuser mit Einbruch der Dämmerung. Henni und Hörg überzeugten die missionierten Selbstmordkandidaten davon, dass sie gemeinsam mit ihnen eine Nacht in der Herberge verbringen mussten. Die Rückkehr der Lemminge in die Stadt würde Fragen aufwerfen, welche die königlichen Berater am nächsten Tag lieber selbst beantworten wollten.

Der Wirt sah die Gruppe argwöhnisch an, sagte aber nichts. Sicher kam es nicht oft vor, dass sein Haus derartig gut belegt war. Die fürstliche Zimmermiete, die Henni bezahlen musste, reichte aus, um ihn zum Schweigen zu bringen.

Groß war die Herberge nicht. Die Lemminge fanden gerade so im Schankraum Platz und machten sich hungrig über das überraschend gute Essen her. Danach teilten sich Henni und Hörg mit Wolfi einen der beiden Schlafräume, während die anderen sieben Reisenden den zweiten, etwas größeren, bezogen. Karla kam im Stall unter und bekam dort eine Schale Eicheln und Nüsse.

Obwohl sie nach der langen Reise müde wie selten zuvor waren, fanden die beiden Missionare keinen Schlaf. Die Klagelaute der verhinderten Selbstmörder drangen durch die dünnen Wände in ihren Raum und machten es den beiden unmöglich, Ruhe zu finden. Lediglich Wolfi schien das Jammern nicht zu stören. Der Knabe genoss es hörbar, in der Nacht ein Dach über dem Kopf zu haben, und schnarchte zufrieden vor sich hin.

Nachdem er sich mehrere Stunden unruhig auf seinem Lager hin und her gewälzt hatte, platzte Hörg der Kragen.

»Was hast du vor?«, fragte Henni schlaftrunken, als sein Bruder aufstand und zur Zimmertür ging.

»Ich werde den Heulsusen jetzt mal gehörig die

Meinung sagen. Wenn die nicht bald mit dem Gewimmer aufhören, schmeiße ich sie eigenhändig eine Klippe hinunter. Dann werden sie schon sehen, dass es kein gelobtes Land gibt.«

»Die werden sich schon irgendwann beruhigen.«

»Aber ich nicht«, entgegnete Hörg zornig, verließ den Raum und stürmte in das Nebenzimmer.

»Sagt mal, seid ihr eigentlich bescheuert?«, schnauzte er die Lemminge an, die auf dem Boden lagen und vor sich hin schluchzten. »Ihr solltet froh sein, dass ihr nicht sterben müsst, und euch auf die gewonnenen Jahre freuen. Ihr müsstet Pläne schmieden, wie ihr eure Zukunft gestaltet, und nicht jammernd auf dem Boden liegen. Euer Gewinsel ist erbärmlich. Nebenan wollen vernünftige Lemminge schlafen! Seid endlich still!«

»Kannst du denn nicht verstehen, dass für uns eine Welt zusammengebrochen ist?«, gab eines der Weibchen zurück.

»Gestern konnte ich das noch«, entgegnete Hörg. »Mittlerweile solltet ihr euch aber so langsam damit abfinden. Es gibt schließlich Schlimmeres, als weiterhin leben zu müssen.«

»Was sollte das sein?«, fragte eines der Männchen.

»Ihr spinnt doch. Von mir aus könnt ihr den Rest eures Lebens unglücklich sein. Ich wäre euch aber sehr verbunden, wenn ihr dabei zumindest heute Nacht leise seid. Vergesst nicht, dass ich zum Rat der vier Weisen gehöre. Wenn ihr mich nicht schlafen lasst, wird mir eine Strafe einfallen, die furchtbarer ist als der Tod.«

Die Lemminge sahen Hörg traurig an, erwiderten aber nichts mehr. Sein zorniger Blick zeigte ihnen unmissverständlich, dass jetzt nicht der richtige

Moment für eine Diskussion mit dem Missionar war.

Er verließ den Raum und kehrte in sein eigenes Zimmer zurück. Dort hielt er Wolfi die Nase zu, bis der wach wurde und ihn irritiert ansah. »Du schnarchst«, sagte Hörg und ließ sich dann müde auf sein Lager fallen.

Am nächsten Morgen war es Henni, der als Erster der Brüder auf den Beinen war. Wissend, wie sauer Hörg darauf reagieren würde, wenn er ihn jetzt weckte, ließ er ihn schlafen und stand auf, um nach den anderen Lemmingen zu sehen. Wolfi hatte den Raum bereits verlassen und würde sich hoffentlich um das Daxi kümmern.

Als Henni den Schlafraum der anderen betrat, stellte er fest, dass ein Weibchen und ein Männchen fehlten.

Hoffentlich nutzen sie ihr neugewonnenes Leben, um sich miteinander zu beschäftigen, dachte er, ahnte aber, dass ihr Fehlen einen anderen Grund hatte, der ihm sicher nicht gefallen würde.

»Wo sind die beiden?«, fragte Henni das zweite Weibchen, das ihn aus verheulten Augen ansah.

»Sie haben es nicht mehr ausgehalten.«

»Sind sie in die Stadt?«

»Nein. Sie wollten sich persönlich davon überzeugen, ob es das gelobte Land nicht vielleicht doch gibt, und sind zum Schicksalsberg aufgebrochen.«

»Das ist jetzt nicht dein Ernst.«

»Leider doch«, schluchzte das Weibchen. »Ich hätte mitgehen sollen.«

»Ihr seid doch völlig übergeschnappt«, sagte Henni, drehte sich um und machte sich auf den Weg nach draußen, um nach Wolfi und Karla zu sehen.

Als er bei dem kleinen Strauchdieb und dem Daxi

ankam, musste der Missionar herzhaft lachen. So sehr er sich gerade über die Lemminge in der Herberge geärgert hatte, die Szene, die sich ihm jetzt bot, war einfach sehenswert.

Wolfi hatte Karla irgendwie dazu bewegt, in ein großes Becken mit Wasser zu steigen. Darin stand er jetzt mit dem Daxi und schrubbte es ordentlich mit Wasser und Seife ab. An seinem Körper war dabei mindestens so viel Schaum wie an Karlas.

»Du kannst dir die Mühe sparen«, lachte Henni. »Der Gestank bei dem Vieh kommt von innen.«

»Trotzdem soll sie wenigstens schön aussehen, wenn wir in die Stadt gehen.«

»Wenn du meinst. Offensichtlich verstehst du dich sehr gut mit dem Stinktier.«

»Ich will meine Arbeit ordentlich machen, damit ihr mich nicht doch noch an den Statthalter verratet.«

»Da brauchst du keine Angst zu haben«, sagte Henni und wunderte sich selbst darüber, dass er den Kleinen gar nicht mehr loswerden wollte. »So gut, wie du mit dem Daxi umgehen kannst, wären wir ja dumm, wenn wir auf deine Dienste verzichten würden.«

»Das heißt, ich darf bei euch bleiben?«, fragte Wolfi hoffnungsvoll.

»Zumindest, bis wir wieder in Omega sind. Danach sehen wir weiter.«

Wolfi sprang aus dem Becken, rannte zu Henni und wollte ihn umarmen. Gerade rechtzeitig, bevor auch er mit Schaum überzogen werden konnte, sprang der jedoch zurück.

»Wir wollen jetzt aber nicht übertreiben. Wenn du mit Karla fertig bist, komm in den Schankraum. Mal schauen, ob das Frühstück hier genauso gut ist wie das Essen gestern Abend.«

Als Henni zurück ins Zimmer kam, war auch Hörg wach und packte ihre wenigen Sachen zusammen. Die Kaubonbons waren auf dem Wagen geblieben, der nebenan im Stall stand.

»Ich bin jetzt echt gespannt, was uns in Beta erwartet«, sagte Hörg mit skeptischer Miene.

»Vermutlich das große Heulen.«

»Ich fürchte, du hast recht. Zumindest, wenn alle Bürger der Stadt solche Jammersäcke sind wie die Gruppe, die wir schon kennen.«

»Es würde ja reichen, wenn wenigstens der Regent ein vernünftiges Männchen ist«, versuchte Henni, seinem Bruder Hoffnung zu machen.

»Das glaubst du doch selbst nicht. Denk daran, was Helmut für ein Lemming war.«

»Es gibt auch Statthalter, denen ihr Volk am Herzen liegt.«

»Ich habe noch keinen kennengelernt«, winkte Hörg ab.

»Was ist mit Hilmer?«

»Der zählt nicht.«

Die Brüder sahen sich für einen Moment todernst an und brachen dann in schallendes Gelächter aus. Bisher war alles halbwegs nach Plan gelaufen. So würden sie sicher auch die Bürger von Beta von den neuen Lehren überzeugen können.

8

Nach dem Frühstück, das sich vor allen Wolfi und die beiden Missionare schmecken ließen, machten sich die Lemminge auf den Weg zum Palast. Dort verabschiedeten sich Henni und Hörg von ihren noch immer geknickt wirkenden Reisebegleitern und nahmen ihnen das Versprechen ab, keinen weiteren Versuch zu unternehmen, zum Schicksalsberg zu gelangen.

Wolfi sollte bei dem Daxi und dem Wagen bleiben und darauf aufpassen. Er wollte die Zeit nutzen und Karla beibringen, die Gaswolke auf Kommando loszulassen. Mit dieser Waffe würde es viel einfacher sein, mögliche Diebe zu verjagen. Henni und Hörg wussten, dass sie sich keine Sorgen um den Knaben und die Ware machen mussten. Der Kleine war zäh und hatte schon einiges hinter sich. Daran, dass es dem Knaben gelingen würde, das Stinktier zu dressieren, glaubten sie jedoch nicht.

»Ihr könnt nicht einfach so hier hereinspazieren«, sagte eine der beiden Wachen vor dem Palast, stellte sich in die Tür und verschränkte die Arme vor der Brust.

»Wieso nicht?", fragte Hörg gespielt überrascht. »Das ist doch ein Eingang. Sollen wir etwa durch ein Fenster steigen?«

»Ihr werdet hier überhaupt nicht reinkommen.«

»Wir wollen zum Statthalter.«

»Habt ihr einen Termin?«

»Nein. Brauchen wir den?« Hörg grinste der Wache frech ins Gesicht. Er wusste, dass es keine gute Idee war, das Männchen zu provozieren, trotzdem konnte er nicht anders. Die herablassende Art, mit der der Kerl ihn und seinen Bruder behandelte, gefiel im ganz und gar nicht.

»Siegfried empfängt keine Gäste ohne vorherige Anmeldung.«

»Wer sagt denn, dass wir Gäste sind?«, fragte jetzt Henni.

»Was wollt ihr denn dann?«

»Mit dem Statthalter sprechen«, antwortete Hörg. »Und zwar sofort.«

»Ich darf euch nicht durchlassen«, sagte der Wächter und zeigte sich ob der Beharrlichkeit der beiden Besucher sichtlich irritiert.

»Jetzt hör mir mal zu«, sagte Henni und tippte dem Aufpasser mit dem Zeigefinger gegen die Schulter. »Mein Bruder Hörg und ich, Henni, sind Mitglieder des Rats der vier Weisen und damit Berater des Königs. Wenn wir den Stadtverwalter sprechen wollen, hat der sich gefälligst nach uns zu richten. Du gehst jetzt zu Siegfried und meldest uns an. Wenn du dich weiterhin stur stellst, bist du die längste Zeit Wächter im Palast gewesen. Das kann ich dir garantieren.«

Das Männchen sah die beiden Missionare noch einen kurzen Moment skeptisch an, betrat dann aber den Palast und ließ seinen Kumpan, der bisher nur schweigend neben der Tür gestanden hatte, bei Henni und Hörg zurück. Dieser schaute die beiden Fremden mit einer Mischung aus Angst und Argwohn an, sagte aber nichts. Es dauerte nicht lange, bis Siegfried den Besuchern ausrichten ließ, dass er sie nun empfangen wollte.

»Das wurde aber auch Zeit«, sagte Henni und betrat grinsend den Palast.

Ohne noch einmal aufgehalten zu werden, erreichten die königlichen Berater den Audienzsaal, wo sie bereits vom mürrisch dreinblickenden Statthalter erwartet wurden.

»Ihr werdet mir einen guten Grund für dieses unverschämte Eindringen liefern müssen«, begrüßte der seine Besucher.

»Keine Sorge, das werden wir«, antwortete Henni forsch.

»Ich bin sehr gespannt. Ihr habt dafür genau drei Minuten Zeit. Dann lasse ich euch wieder hinauswerfen.«

»Das wird nicht passieren«, sagte Henni. »Sicher hast du schon gehört, dass Helmut kürzlich verstorben ist und die Lemminge mit Hilmer einen neuen König haben«, sagte Henni.

»Nein. Das ist mir neu.«

»Wie auch immer«, übernahm Hörg das Gespräch. »Es hat sich in den letzten Tagen einiges geändert. Gemeinsam mit Hilmer konnten wir die größte Lüge aufdecken, unter der unser Volk jemals gelitten hat.«

»Jetzt bin ich wirklich gespannt«, sagte Siegfried, der zu merken schien, dass der Besuch der beiden Fremden bei Weitem nicht so harmlos war, wie er es vermutet hatte.

»Seit Generationen folgen die Lemminge den Lehren des sogenannten furchtlosen Wonibalts und springen freiwillig in den Tod, um in das gelobte Land einzukehren.«

»Soll das jetzt eine Geschichtsstunde werden? Erzähl mir etwas, das ich nicht weiß.«

»Dieser Ort existiert nicht«, fuhr Hörg unbeirrt fort. »Der angebliche Prophet war ein Betrüger und seine Nachfahren, einschließlich Helmut, haben die Lügen am Leben gehalten.«

»Warum sollte ein König so etwas tun?«, fragte Siegfried skeptisch.

»Helmut behauptete, dass er durch die Selbstmorde die Bevölkerungszahlen im Griff halten konnte. Nur galt das Gebot, mit Vollendung des 15. Lebensmonats in den Freitod zu gehen, nicht für ihn selbst. Solange niemand die Existenz des gelobten Landes infrage stellte, war die Macht des Königs ungebrochen und er konnte schalten und walten, wie er wollte.

Hilmer war der Erste, der sich geweigert hat, den Irrsinn mitzumachen, er kehrte kurz vor seinem Klippensprung um und verließ den Schicksalsberg. Helmut wollte ihn töten lassen, konnte aber nicht verhindern, dass Hilmer den ganzen Skandal aufdeckte und unserem Volk die Freiheit schenkte. Unterstützt wird er vom Rat der vier Weisen, den es bereits vor der Zeit gegeben hat, in der Wonibalt seine Anhänger in den Tod geführt hat. Henni und ich gehören zu diesem Rat.«

»Ihr wollt mir also erklären, dass die Massenselbst-morde der vergangenen Jahrzehnte auf einer großen Lüge basierten?«

»Genau das.«

»Das ist kompletter Unsinn.«

»Nein. Es ist genauso, wie wir es gerade berichtet haben«, entgegnete Henni.

»Und sicher könnt ihr mir auch eindeutige Beweise für diese albernen Theorien liefern.«

»Selbstverständlich«, sagte Henni und hielt dem Statthalter einen Briefumschlag hin. »Ich hoffe, dass du das königliche Siegel erkennst.«

»Selbst wenn. Es könnte gestohlen worden sein.«

Auch wenn sich Siegfried nach wie vor sehr sicher gab, merkten Henni und Hörg wie diese Fassade bröckelte. Sie ließen ihm die Zeit, das Schreiben zu lesen. Erst als er das Blatt senkte, sahen die beiden den Statthalter herausfordernd an.

»Ich gebe zu, dass eure Worte in dem Brief bestätigt werden. Dennoch kann er eine Fälschung sein.«

»Das meinst du doch nicht wirklich«, regte Hörg sich auf. »Warum sollten wir die Reise hierher auf uns nehmen, wenn wir euch belügen wollten?«

»Das frage ich mich auch«, gab Siegfried zurück. »Wenn ihr recht habt, würde dies das Leben in unserem Volk komplett auf den Kopf stellen.«

»Ja«, sagte Henni. »Und das ist auch gut so.«

»Ich weiß nicht, ob ich das zulassen kann.«

»Du hast keine andere Wahl. Du bist nur der Verwalter der Stadt und musst dich den Anweisungen des Königs beugen und sie umsetzen.«

»Vorausgesetzt, es gibt überhaupt einen neuen und ihr tischt mir hier nicht irgendeine erfundene Geschichte auf. Falls ihr lügt und ich die Selbstmorde wirklich verbiete, nehme ich meinem Volk die Chance auf das gelobte Land und werde sicher große Probleme mit Helmut bekommen.«

»Der ist tot«, sagte Henni. »Hörst du eigentlich zu?«

»Nehmen wir einmal an, ihr habt recht. Hat euer König dann auch eine Idee, wo die Lemminge zukünftig leben sollen, wenn ihre Anzahl in die Höhe schnellt?«

»Zum Ersten ist Hilmer unser aller König«, stellte Hörg richtig. »Und zum Zweiten haben wir in der Tat auch eine Lösung für dieses Problem.«

»Die werdet ihr mir aber sich nicht verraten wollen«, vermutete Siegfried.

»Doch, natürlich«, entgegnete Henni und holte einen kleinen Karton aus einer Tasche hervor. »Wir haben ein Mittel erfunden, das verhindert, dass Weibchen bei der Paarung trächtig werden.«

Siegfried sah die beiden Brüder einen Moment spöttisch an und brach dann in schallendes Gelächter aus. »Jetzt übertreibt ihr wirklich«, sagte er nach einer Weile. »Fast hättet ihr mich so weit gehabt, dass ich euch glaube. Jetzt habt ihr euch aber selbst verraten. Ich weiß nicht, was ihr Komiker bezweckt, aber ganz offensichtlich tickt ihr nicht mehr ganz normal.«

»Wenn du uns ein paar Weibchen zur Verfügung stellst, sind wir gerne bereit zu beweisen, dass dieses Mittel funktioniert«, schlug Hörg vor.

»Das könnte euch so passen«, regte sich Siegfried auf und riss Henni das Päckchen aus den Pfoten. »Diesen Test können sicher auch unsere eigenen Männchen durchführen.«

»Auch gut«, sagte Hörg und warf seinem Bruder einen enttäuschten Blick zu. »Können wir dann darüber sprechen, wie wir die Lemminge in der Stadt über die Neuigkeiten informieren?«

»Auf keinen Fall«, antwortete Siegfried.

»Was soll das jetzt wieder heißen?«

»Ganz einfach, Henni, ich glaube euch diesen Unsinn nicht und brauche einen richtigen Beweis. Aus diesem Grund werde ich zwei meiner Wachen nach Omega schicken. Sie sollen sich erkundigen, ob es diesen Hilmer tatsächlich gibt und die Massenselbstmorde abgeschafft wurden. Wenn das so ist, können wir eine Volksversammlung einberufen. Früher nicht.«

»Und was sollen wir in der Zeit machen?«, fragte Hörg sichtlich um Beherrschung bemüht.

»Ihr geht in den Kerker. Euer komisches Mittel werde ich so lange sicherstellen.«

»Das kannst du nicht machen«, sagte Henni. »Wir gehören zum Rat der vier Weisen und genießen absolute Immunität im Volk der Lemminge.«

»Dumm nur, dass dies hier niemand weiß«, sagte der Statthalter und grinste hinterlistig. »Die fünf Verräter, die euch hierher begleitet haben, wurden mittlerweile verhaftet und warten darauf, zum Schicksalsberg geführt zu werden.«

Jetzt waren die beiden Missionare wirklich überrascht. Offensichtlich war Siegfried sehr gut über das informiert, was in seiner Stadt geschah. Sie mussten beobachtet worden sein, als sie am Morgen in die Stadt einmarschiert waren. Es war auch nicht auszuschließen, dass der Wirt aus der Herberge die Reisenden verraten hatte. Darum wollten sich die beiden Missionare später kümmern.

»Ich verspreche dir, dass du es noch bitter bereuen wirst, wie du uns heute hier behandelt hast«, sagte Hörg. »Beta wird schon bald einen neuen Verwalter bekommen.«

»Dann wirst du es sein, der in einer Zelle über seine Sünden nachdenken kann«, pflichtete Henni seinem Bruder bei.

»Ich denke nicht, dass ihr in der Situation seid, Drohungen aussprechen zu dürfen«, sagte Siegfried kalt und wandte sich dann an die Wachen. »Führt sie ab.«

9

»Die Gefängnisse hier sind genauso heruntergekommen wie die in Omega«, stellte Henni fest, nachdem die Wachen, die sie in die Zelle gebracht hatten, gegangen waren. Die beiden hatten sich schwer beherrschen müssen, dem arroganten Kerl, der sie bereits vor dem Palast in Empfang genommen hatte, nicht die Faust ins Gesicht zu schlagen, als er sie in den Keller führte.

»Du hast recht. Es wird nur wenige Sekunden dauern, die Tür zu öffnen«, stimmte Hörg zu. »Siegfried wird sich noch wundern, wenn er merkt, wie groß der Fehler ist, den er heute gemacht hat.«

»Sollen wir zu ihm gehen und ihm das sagen?«, fragte Henni grinsend.

»Später.« Hörg gähnte herzhaft und deutete dann auf die beiden Lager. »Das sieht sehr bequem aus. Ich habe die Nacht wegen den Heulbojen kein Auge zugetan. Lass uns noch ein bisschen ruhen. Vielleicht bringen diese Deppen uns ja auch etwas zu essen.«

»Wenn du meinst. Siegfried wird uns nicht weglaufen und die anderen sind auch nicht in Gefahr. Selbst wenn der Statthalter die fünf zum Schicksalsberg bringen lässt, wird dort nichts passieren. Schlimmstenfalls fangen sie wieder an zu heulen.«

Von ihren Mitgefangenen hatten die Brüder auf dem Weg in den Kerker nichts gesehen. Es musste hier unten noch einen anderen Zellentrakt geben.

»Eben.« Hörg gähnte erneut und legte sich auf das Lager. Sekunden später war er eingeschlafen.

Henni lag noch einen Moment wach und dachte an Wolfi. Er hoffte, dass der Statthalter den Knaben in Ruhe ließ und sich auch nicht an ihren Waren vergriff. Sollte er dies doch tun, würde er es später bitter bereuen. Nach einigen Minuten verabschiedete sich aber auch Henni ins Reich der Träume.

Geweckt wurden die beiden Missionare, als eine der Wachen ihr Essen brachte. Sie versuchten, das Männchen in ein Gespräch zu verwickeln, aber der Kerl stellte die dampfenden Schüsseln wortlos auf dem Boden ab und verschwand wieder.

»Wenn es so gut schmeckt, wie es riecht, können wir uns zumindest nicht über die Verpflegung beschweren«, freute sich Hörg und machte sich hungrig über den Eintopf her.

Als sie satt waren, beschlossen die beiden Missionare, dass nun der richtige Zeitpunkt gekommen war, Siegfried in seine Schranken zu verweisen. In diesem Moment kam ein Wächter in den Kerker und schaute neugierig in ihre Zelle.

»Was ist los?«, fragte Hörg spöttisch. »Noch nie einen Lemming gesehen?«

»Mein Name ist Bernd. Ich habe gehört, was ihr unserem Stadtoberhaupt erzählt habt.«

»Warum sagst du uns das?«

»Weil ich übermorgen zum Schicksalsberg aufbrechen soll. Ich werde in sechs Tagen fünfzehn Monate alt.«

»Und jetzt willst du herausfinden, ob wir Betrüger sind oder es tatsächlich kein gelobtes Land gibt«, vermutete Henni.

»Ja.«

»Auch wenn es dir sicherlich nicht gefallen wird, haben Henni und ich die absolute Wahrheit gesprochen. Du kannst also in dein Zimmer gehen und bis zum nächsten Morgen darüber wehklagen, dass du weiterleben musst.«

»Nein, ich freue mich.«

»Ernsthaft?«, fragte Hörg gleichermaßen erfreut wie überrascht. »Dann bist du der erste vernünftige Lemming, den wir treffen, seitdem wir in Beta sind. Oder ist das jetzt irgendeine List von Siegfried, um uns auszuhorchen?«

»Auf keinen Fall«, sagte Bernd schnell. »Ich freue mich wirklich sehr, wenn sich keiner aus unserem Volk mehr freiwillig in den Tod stürzt. Ich habe in den letzten Tagen verzweifelt nach einem Ausweg gesucht.«

»Dann hast du den jetzt gefunden«, sagte Henni. »Leider ist euer Statthalter nicht so erfreut über die Neuigkeiten und will nicht glauben, was wir ihm erzählt haben.«

»Ich mochte Siegfried noch nie. Sterben will der aber sicher auch nicht. Er genießt es viel zu sehr, die Macht über Beta auszuüben. Vermutlich überlegt er jetzt, wie er die Rückkehr zu den alten Lehren zu seinem Vorteil verwenden kann.«

»Woher kennst du die alten Lehren?«, fragte Henni überrascht. »Wir haben sie Siegfried gegenüber nicht erwähnt.«

Für einen kurzen Moment schien Bernd nicht zu wissen, was er antworten sollte. Dann blickte er die beiden Missionare verschwörerisch an. »Was ich euch jetzt erzähle, muss unbedingt unter uns bleiben. Versprecht ihr mir das?«

Henni und Hörg nickten nur.

»Meine Oma gehörte zu den Vorboten des heilbringenden Lemmings. Leider ist sie bereits zum Schicksalsberg aufgebrochen, als ich noch ein Welpe war.« Jetzt war Bernd überrascht, weil die beiden Missionare plötzlich losprusteten und sich vor Lachen nicht mehr halten konnten.

»Was ist los mit euch? Habt ihr schon einmal von den VHL gehört?«

»Und wie wir das haben«, antwortete Hörg grinsend. »Die beiden letzten Mitglieder dieses Geheimbundes bilden mit uns den Rat der vier Weisen.«

»Dann gibt es sie noch?«

»Genau genommen nicht«, sagte Henni. »Seit Hilmer König ist, hat sich alles zum Guten gewendet und die Massenselbstmorde sind Geschichte. Der Geheimbund ist damit überflüssig geworden.«

»Dann ist er der heilbringende Lemming?«

»Wenn man die Prophezeiung so auslegt, ja«, antwortete Henni. »Was weißt du über die VHL?«

»Nicht viel. Meine Mutter wollte nie darüber reden. Sie schämte sich wohl für Oma. Ich allerdings habe gehofft, dass irgendwann etwas passiert und ich nicht über den Todesfelsen gehen muss. Dass ihr jetzt, kurz bevor ich zum Schicksalsberg reisen soll, hier eintrefft, ist ein wahrer Segen.«

»Noch haben wir Siegfried nicht überzeugt«, warf Hörg ein.

»Wenn ich euch irgendwie helfen kann, müsst ihr mir das sagen.«

»Als du kamst, wollten wir gerade die Zelle verlassen und den Statthalter aufsuchen. Können wir davon ausgehen, dass du uns nicht daran hindern wirst?«

»Selbstverständlich«, beantwortete Bernd Hörgs Frage. »Ihr könnt euch auf mich verlassen. Ich stehe auf eurer Seite.«

»Wie ist das mit den anderen Wachen?«, wollte Henni wissen. »Sind sie dem Statthalter gegenüber treu ergeben?«

»Nein. Keines der Männchen mag Siegfried besonders. Er ist ein herrischer Vorgesetzter und markiert gerne den großen Boss. Bisher blieb ihnen nichts anderes übrig, als seine Befehlen zu befolgen, aber wenn es hart auf hart kommt, steht keiner hinter ihm.«

»Das ist gut«, sagte Henni und lächelte. »Sind die anderen Gefangenen bereits zum Schicksalsberg abgeführt worden.«

»Nein. Ich bin einer der Wächter, die sie begleiten sollen.«

»Lasst sie frei«, sagte Hörg. »Sie werden sicher traurig sein, schon wieder mit dem Leben davonzukommen, aber sie werden sich irgendwann beruhigen.«

»Was ist mit unserem Begleiter?«, fragte Henni. »Hat Siegfried ihn ebenfalls verhaften lassen?«

»Nein. Soweit ich weiß, hockt er immer noch in der Nähe des Palastes und spielt mit eurem seltsamen Daxi.«

»Dann geht es ihm gut und wir müssen uns keine Sorgen um den Knaben machen.« Hörg stand entschlossen auf und grinste Bernd und seinen Bruder an. »Dann wollen wir uns mal um euren komischen Stadtverwalter kümmern.«

»Kannst du dafür sorgen, dass die Wachen vor Siegfrieds Privatgemächern ihre Stellung verlassen?«

»Ich denke schon.«

»Dann rufe sie in euer Dienstzimmer. Sag ihnen, dass es bald einen neuen Statthalter gibt und Siegfried in Gewahrsam genommen wird. Sie sollen abwarten, was passiert. Hörg und ich werden uns bei euch melden.«

10

Henni öffnete die Tür zu Siegfrieds Privatgemächern mit einem wuchtigen Tritt und betrat dessen Räume, dicht gefolgt von Hörg. »Hi, Siggi«, rief er vergnügt. »Wir haben uns gedacht, dass wir uns noch einmal mit dir unterhalten sollten.«

»Wie ich sehe, testest du gerade die Kaubonbons«, stellte Hörg fest und prustete los.

Siegfried fuhr überrascht hoch, sprang von dem Weibchen hinunter und versuchte, mit den Pfoten seine Erektion zu verbergen, die - wie Hörg zugeben musste - recht stattlich war. Seine Partnerin sah die beiden Missionare vorwurfsvoll an und drehte sich dann enttäuscht weg. Ihr war anzusehen, wie sehr sie das Liebesspiel mit dem Stadtverwalter genossen hatte. Fast tat es Hörg leid, dass er und sein Bruder nicht noch fünf Minuten gewartet hatten. Andererseits freute er sich diebisch darüber, Siegfried in dieser prekären Situation zu erwischen.

»Seid ihr beiden komplett wahnsinnig, einfach so hier

hereinzuplatzen? Wer hat euch aus der Zelle herausgelassen?«

»Hast du etwa gedacht, wir würden so schnell klein beigeben?«, gab Henni zurück. »Wir lassen uns nicht ungestraft in den Kerker sperren.«

»Genau dahin werdet ihr aber gleich zurückkehren«, drohte Siegfried erbost.

»Das glaube ich nicht«, sagte Hörg bestimmt. »Du hast einen großen Fehler begangen und hättest unsere Forderungen erfüllen sollen. Wir haben dir gesagt, dass wir königliche Berater sind und zum Rat der vier Weisen gehören. Aber du wolltest ja nicht auf uns hören. Nun wirst du die Konsequenzen tragen müssen.«

»Ich habe jetzt langsam genug von euch beiden Spinnern«, sagte Siegfried. »Wer sollte mich daran hindern, euch auf der Stelle zurück in die Zelle werfen zu lassen? Ich habe euch schon einmal gesagt, dass ihr hier völlig allein steht.«

»Allein für den Versuch, werden wir dich vor das königliche Gericht bringen. Wenn wir nicht bis morgen eine Briefhummel zu Hilmer senden und ihm mitteilen, dass alles in Ordnung ist, wird er uns Unterstützung schicken.«

»Wenn schon«, antwortete Siegfried selbstsicher. »Meint ihr, ein paar weitere Lemminge könnten mich überzeugen. Der König wird Besseres zu tun haben, als einen Kleinkrieg mit einer seiner Städte zu führen.«

»Er würde keine Lemminge schicken«, erklärte Hörg grinsend.

»Was denn sonst?«

»Ratten.«

»Was?« Siegfried sah die beiden Missionare entsetzt an.

»Du hast uns schon richtig verstanden«, erklärte Henni.

»Macht der König tatsächlich gemeinsame Sache mit diesen dreckigen Nagern?«

Die beiden Missionare verzichteten darauf, dem Statthalter zu erklären, dass die beiden Völker inzwischen Freunde waren und Lemminge nichts von den Ratten zu befürchten hatten. Siegfried sollte ruhig vor Angst schlottern. Unterdessen schien das Weibchen eingesehen zu haben, dass sie nicht auf eine Fortsetzung des Liebesspiels mit dem Statthalter hoffen konnte, und schlich sich aus dem Raum. Hörg ließ sie gehen, beschloss aber, später noch einmal mit der Kleinen zu sprechen.

»Ich kenne ein Rattenweibchen, dass sicher große Freude mit dir hätte«, sagte Hörg und zwinkerte seinem Bruder zu.

»Vorher werden ihre Söhne allerdings den Palast in Schutt und Asche legen«, sagte Henni.

»Wenn das so ist, beuge ich mich eurer Gewalt und gehe auf eure Bedingungen ein.«

»Dafür ist es jetzt zu spät«, antwortete Henni kalt.

»Wie soll ich das verstehen?«

»Ganz einfach. Wenn du Hörg und mir von Anfang an geglaubt und uns unterstützt hättest, würdest du sicher noch lange Statthalter bleiben können. Da du dich aber selbst jetzt noch gegen uns gestellt hast, wird ein anderer dieses Amt einnehmen. Du wirst es sein, den die Wachen in den Kerker sperren. In ein paar Tagen wirst du nach Omega geführt. Hilmer wird entscheiden, was dann mit dir geschehen soll.«

»Das ist nicht euer Ernst«, sagte Siegfried entsetzt.

»Es ist immer noch mein Palast. Ihr habt nicht das Recht meine Autorität infrage zu stellen.«

»Oh doch«, entgegnete Hörg. »Genau genommen haben wir das schon getan. Deine Leute wissen Bescheid und werden die Befehle ab sofort von uns entgegennehmen.«

Langsam schien Siegfried zu begreifen, dass seine Felle bereits davon geschwommen waren. Er saß auf seinem Lager und sah die beiden Missionare schweigend an.

»Ich hole Bernd und zwei seiner Kollegen«, sagte Henni. »Pass du so lange auf unseren Hengst auf.«

Hörg nickte seinem Bruder grinsend zu und stellte sich vor, wie sich Rosa mit dem ehemaligen Herrscher über Beta beschäftigen würden. Die körperlichen Voraussetzungen, es mit der sextollen Ratte aufzunehmen, hatte er allemal.

Es dauerte nicht lange, bis Henni mit den drei Wächtern zurückkam, die schon sehr gespannt in ihrem Dienstzimmer auf Anweisungen der königlichen Berater gewartet hatten.

»Ihr dreckigen Verräter«, begrüßte Siegfried die drei Wachen, als diese gemeinsam mit Henni den Raum betraten. »Ich habe euch immer gut behandelt und pünktlich bezahlt. Zum Dank dafür macht ihr jetzt gemeinsame Sache mit den zwei Verrückten.«

»Hey, Siggi«, unterbrach Hörg den Redefluss des Statthalters. »Du solltest nicht so frech zu uns sein. Immerhin haben wir dich in unserer Gewalt. Die Wachen werden sicherlich wissen, wie sie dir deine Beschimpfungen danken können.«

»Lass mich in Ruhe«, sagte Siegfried und wandte sich wieder an Bernd und seine beiden Kollegen. »Ich gebe euch eine letzte Chance. Sperrt diese Lügner in den Kerker – und ich vergesse den heutigen Abend.«

»Jetzt bleib mal sachlich, Siggi«, sagte Hörg. »So

langsam solltest du deine Niederlage wirklich akzeptieren.«

»Wenn du noch mich noch einmal so nennst, kannst du was erleben.«

»So? Was willst du denn dagegen machen?«

»Ich habe monatelang die Geschicke dieser Stadt gelenkt. Behandelt mich gefälligst mit Respekt.«

»Aber das tun wir doch«, sagte Henni und spielte den Verblüfften. »Du bist derjenige, der ständig beleidigend wird.«

»Das stimmt, Siggi. Dabei hätten wir so gute Freunde werden können.«

»Ich heiße Siegfried.« Der ehemalige Statthalter bekam einen hochroten Kopf und wäre sicher auf Hörg losgegangen, wenn sich nicht zwei der Wächter drohend neben ihm aufgebaut hätten.

»Genug der Albernheiten«, sagte Henni bestimmt. »Die Sache ist entschieden. Siggi geht in den Kerker und wird später dem König vorgeführt. Um die Belange der Stadt kümmert sich Bernd, bis Hilmer eine endgültige Entscheidung getroffen hat.«

»Habt ihr jetzt völlig den Verstand verloren? Ihr könnt diesen unfähigen Wicht doch nicht zu meinem Nachfolger bestimmen. Da wäre es ja noch besser, die Lemminge in Beta sich selbst zu überlassen.«

»Schlimmer als in den letzten Monaten wird es sicher nicht werden«, entgegnete Henni.

»Das werdet ihr bereuen.«

»Ganz sicher, Siggi.«

Der Blick, mit dem der abgesetzte Statthalter Hörg bedachte, hätte eine Gruppe Welpen sicher vor Angst schlottern lassen und sie in eine anhaltende Verhaltensstörung getrieben. Der Missionar aber lachte nur. Es machte ihm Spaß, Siegfried noch ein bisschen auf die Palme zu bringen, bevor der in der Zelle Zeit genug bekam, sich darüber Gedanken zu machen, was alles schiefgelaufen war.

»Führt ihn ab«, sagte Henni zu den beiden Wächtern, die sich beeilten, den Befehl in die Tat umzusetzen.

»Wie geht es jetzt weiter?«, fragte Bernd, als er mit den beiden Missionaren allein war.

»Als Nächstes müssen wir das Volk informieren«, antwortete Henni. »Sicher ist die Gerüchteküche unter den Bewohnern der Stadt bereits am Brodeln. Je schneller wir mit den Leuten reden, umso besser. Kannst du für morgen Mittag eine Versammlung auf dem Platz vor dem Palast einberufen lassen?«

»Das sollte möglich sein. Ich werde der Wachmannschaft noch heute die nötigen Befehle dazu geben.«

»Werden sie auf dich hören, oder sollen wir zunächst mit deinen Leuten reden?«

»Das bekomme ich schon hin«, beantwortete Bernd Hennis Frage. »Die anderen beiden werden bezeugen, dass ihr mich als neuen Verwalter für die Stadt eingesetzt habt.«

»Dann ist das Wichtigste geklärt. Hörg und ich werden, solange wir noch in der Stadt sind, Siegfrieds Räume beziehen. Später kannst du sie dann übernehmen. Hilmer wird dich sicher als neuen Regenten in Beta bestätigen.«

»Ich danke euch«, sagte Bernd und umarmte zunächst Henni und dann Hörg. »Ihr habt sehr viel für mich getan und ich stehe auf ewig in eurer Schuld.«

»Nun mach mal halblang«, entgegnete Hörg. »Wir erledigen nur unseren Job. Außerdem wirst du bald merken, dass wir dir mit deinem neuen Amt auch eine Menge Arbeit übertragen haben.«

Nachdem Bernd die beiden verlassen hatte, sah Hörg

seinen Bruder zufrieden an. »Das haben wir doch alles in allem sehr gut hinbekommen.«

»Absolut. Wenn wir morgen noch einen Teil unserer Ware loswerden, hat sich der Besuch in Beta gelohnt. Lass uns schauen, was Wolfi macht. Sicher wartet er schon ungeduldig darauf, endlich etwas von uns zu hören.«

Die beiden Missionare fanden Karla und ihren Pfleger schlafend auf dem Marktplatz. Dazu hatte sich Wolfi direkt am Bauch des Daxis eingerollt. Offenbar waren die beiden zu guten Freuden geworden. Hörg freute sich darüber, dass sie den Knaben auf den rechten Weg gebracht hatten. Außerdem war es wichtig, dass der Wagen bewacht wurde. Wenn die Weibchen der Stadt erst einmal erfuhren, was die beiden Missionare darauf geladen hatten, würden sie sicher darüber herfallen.

»Sollen wir ihn wecken?«, fragte Henni und deutete auf ihren Gehilfen.

»Lass ihn schlafen. Wir können ja gleich morgen früh nach ihm schauen und etwas zu Essen mitbringen.«

»Ich gebe zu, dass ich mich in dem Kleinen getäuscht habe.«

»Er hat einfach einmal eine Chance gebraucht. Offensichtlich ist er fest entschlossen, diese auch zu nutzen.«

11

Am nächsten Morgen wurden Henni und Hörg von Bernd geweckt, der von Tatendrang nur so zu strotzen schien. »Das Frühstück ist vorbereitet, und ich habe mich auch bereits darum gekümmert, dass eurer Freund und das seltsame Zugtier versorgt werden. Die

Wachen sind unterwegs und rufen die Versammlung aus. Es geht also alles seinen Gang.«

»Es freut mich zu sehen, dass du deine neue Aufgabe so ernst nimmst«, sagte Hörg.

»Natürlich tue ich das. Ich werde alles dafür tun, dass sich das Leben in Beta zum Guten wendet.«

»Sehr löblich«, sagte Henni. »Bis zum Mittag können wir allerdings nicht viel tun. Die Versammlung ist wichtig. Ich bin sehr gespannt, wie die Lemminge darauf reagieren werden, dass sie sich nicht umbringen dürfen, wenn sie fünfzehn Monate alt sind.«

»Freuen werden sie sich nicht«, vermutete Hörg. »Wenn alle so drauf sind wie die Gruppe, die wir auf dem Weg hierher getroffen haben, sehe ich schwarz. Dann werden die Straßen der Stadt von den Tränen ihrer Bewohner überflutet.«

»Soll Siegfried an der Versammlung teilnehmen?«

»Klar«, antwortete Hörg. »Siggi soll ruhig miterleben, wie seine Herrschaft hier zu Ende geht.«

»Ist das nicht ein bisschen gemein?«, warf Henni ein.

»Nein. Ich möchte nicht wissen, welches Schicksal er für uns beide vorgesehen hatte. Ich glaube nicht, dass er sehr rücksichtsvoll mit uns umgegangen wäre. Außerdem können wir so den Bürgern auch gleich ihren neuen Verwalter vorstellen. Wenn sie sehen, dass wir Siggi in der Gewalt haben, werden sie sich sicher nicht auf seine Seite stellen. Das macht es für Bernd leichter.«

Während sich der künftige Regent von Beta nach dem Essen auf den Weg machte, die letzten Vorbereitungen für die Versammlung zu überwachen, gingen Henni und Hörg zu Wolfi und Karla. Diesmal waren die beiden wach. Das Daxi kaute zufrieden an einem Bündel Gras und der junge Lemming ließ sich ein paar Heuschrecken mit Brot schmecken.

»Alles in Ordnung bei euch?«, fragte Hörg zur Begrüßung.

»Und ob«, antwortete Wolfi stolz. »Wir haben einige Übungen gemacht. Karla lernt sehr schnell. Sie kann ihren Gasausstoß steuern und mit den richtigen Kommandos werdet ihr nicht mehr unter dem Gestank zu leiden haben.«

»Das freut mich zu hören«, sagte Henni grinsend.

»Kannst du uns das auch vorführen?«

»Wenn ihr etwas zur Seite geht, ja.«

Die beiden Missionare beeilten sich, ausreichend Abstand zwischen sich und dem Stinktier zu schaffen. Dann nickten sie Wolfi aufmunternd zu.

»Feuer frei«, rief der und klatschte in die Pfoten.

Karla hob den Schwanz an und es kam, was die beiden Brüder bereits kannten. Begleitet von einem leisen Pfeifen strömte eine grünliche Wolke aus dem Hinterteil des Tieres und hüllte den Wagen dahinter ein.

»Habe ich es euch nicht gesagt?«, grinste Wolfi.

»Ich bin beeindruckt«, antwortete Hörg und klopfte dem Knaben anerkennend auf die Schulter. »Das hast du wirklich klasse hinbekommen.«

Wolfi trat verlegen von einem Bein auf das andere und wusste nicht, was er sagen sollte. Es hatte sich in den letzten Tagen viel für ihn verändert und er konnte froh sein, die beiden Missionare getroffen zu haben. »Eben war ein Weibchen hier und hat nach euch gefragt.«

»Hat sie auch gesagt, was sie wollte?«, fragte Henni.

»Nein. Nur, dass sie Helga heißt und euch kennt. Sie machte auf mich den Eindruck, als ginge es ihr nicht gut. Ihr Fell war schweißverklebt.«

»Den Namen kenne ich nicht«, sagte Henni und auch

Hörg schüttelte den Kopf. »Sie wird aber wiederkommen, wenn es wichtig ist.«

»Wie geht es denn jetzt weiter?«, wollte Wolfi wissen.

»Bring Karla und den Wagen auf den großen Platz vor dem Palast«, antwortete Hörg. »Am besten direkt zu dem Rednerpult. Dort findet nachher eine Volksversammlung statt. Wenn alles gut läuft, werden wir eine Menge Kaubonbons verkaufen. Ich will, dass die Ware dann in unserer Nähe ist.«

»Da vorne kommt Helga«, rief Wolfi plötzlich und deutete auf ein Weibchen, das sich langsam näherte.

Schon von Weitem konnte Hörg bemerken, dass etwas mit der Dame nicht stimmte. Als sie herankam, erkannte er in ihr Siegfrieds Gespielin der letzten Nacht. »Was will die denn von uns?«, fragte er so leise, dass nur Henni ihn hören konnte.

»Bestimmt nichts Gutes. Wenn sie noch auf der Seite ihres Lovers steht, kann das Ärger bedeuten.«

»Könnt ihr zwei Typen mir erklären, was Siegfried mir gestern für ein komisches Zeug gegeben hat?«, maulte Helga die beiden Missionare anstelle einer Begrüßung an und blieb schnaufend vor ihnen stehen.

»Woher sollen wir wissen, was der Lustmolch seinen Gästen gibt, um sie gefügig zu machen?«, gab Hörg grinsend zurück.

»Rede nicht so einen Unsinn. Du weißt genau, was ich meine.«

»Wenn du damit auf unsere Kaubonbons anspielst, kann ich dir versichern, dass sie völlig harmlos sind.«

»Das hat Siegfried auch gesagt. Angeblich kann man nicht trächtig werden, wenn man davon gegessen hat.«

»So ist es«, bestätigte Henni. »Sie ermöglichen den Weibchen ein erfüllteres Leben und verhindern, dass es zu einer Übervölkerung der Städte kommt.«

»Du scheinst auch noch stolz auf das Zeug zu sein.«

»Selbstverständlich.«

»Ich werde sie auf jeden Fall nicht mehr essen. Sie schmecken widerlich. Ich habe Durchfall und musste mich mehrmals übergeben. Noch nie in meinem Leben hatte ich solche Magenkrämpfe.«

»Das ist interessant«, sagte Henni und musterte Helga von oben bis unten.

»Interessant? Ich kotze mir die Seele aus dem Leib, und du findest das interessant?«

»Es tut mir natürlich leid, dass du die Bonbons nicht verträgst«, beschwichtigte Henni das Weibchen. »So wie du hat aber noch nie jemand auf unser Mittel reagiert. Es ist das erste Mal, dass Nebenwirkungen auftreten.«

»Das hilft mir herzlich wenig.«

»Natürlich nicht. Uns würde jetzt aber interessieren, ob es wirklich an den Kaubonbons lag oder ob du noch etwas anderes zu dir genommen hast, was dir nicht bekommen ist.«

»Was sollte das sein?«

»Hat dir Siegfried noch etwas anderes angeboten?«

»Nein. Er war so versessen darauf, euer komisches Mittel zu testen, dass er seine Aufgabe als Gastgeber völlig vernachlässigt hat. Er gab mir noch nicht einmal etwas zu trinken, um den ekelhaften Geschmack aus dem Mund zu bekommen.«

»Und doch bist du auf seine Wünsche eingegangen«, stellte Hörg fest.

Helga wurde rot und schüttelte energisch den Kopf. Offensichtlich gefiel es ihr nicht, daran erinnert zu werden, dass sie dem Liebesspiel mit dem ehemaligen Statthalter nicht völlig abgeneigt gewesen war.

»Ihr dürft dieses Zeug nicht weiter verteilen«, sagte

das Weibchen und verschränkte die Arme vor der Brust.

»Wieso denn das?«, fragte Henni überrascht.

»Weil ich nicht will, dass es anderen auch so ergeht wie mir.«

»Wie gesagt, hat es vorher noch nie Nebenwirkungen gegeben. Du bist da die absolute Ausnahme.«

»Trotzdem. Ich werde die anderen Weibchen vor der Einnahme warnen.«

»Das kannst du nicht machen«, regte sich Henni auf.

»Es ist nicht bewiesen, dass deine Magenschmerzen tatsächlich von den Kaubonbons kommen.«

»Für mich ist es so. Wenn ihr wollt, dass ich den Mund halte, müsst ihr mir ein Schmerzensgeld zahlen.«

»Jetzt ist es heraus«, sagte Hörg ärgerlich und wandte sich an seinen Bruder. »Die Kleine will uns erpressen. Wir sollten sie bis morgen in den Kerker sperren. Wenn die anderen Weibchen die Bonbons erst einmal getestet haben, werden sie nicht mehr auf sie hören.«

»Das mag sein«, antwortete Henni. »Dennoch würde ich gerne wissen, warum das Mittel bei Helga nicht funktioniert.«

»Wer weiß, was die sonst so treibt. Die Kaubonbons müssen ja nicht an ihrem Zustand schuld sein.«

»Ich möchte aber herausfinden, was der Grund dafür ist. Vielleicht können wir die Rezeptur noch verbessern.«

»Hallo, ihr Spinner! Könnt ihr bitte aufhören, über mich zu reden, als wäre ich nicht da?«

»Was hältst du von einem Geschäft?«, fragte Henni und lächelte Helga an.

»Kommt darauf an, was für mich dabei herausspringt.«

»Du kommst morgen in das Quartier des Statthalters und wir beide machen ein paar Tests mit den

Kaubonbons. Wenn wir keine Lösung für das Problem finden, werden wir dich angemessen entschädigen.«

»Ihr wollt doch nur, dass ich mich über Nacht ruhig verhalte. Ich habe gehört, was ihr eben besprochen habt.«

»Nein, so ist das nicht«, entgegnete Henni. »Du hast ja mitbekommen, dass sich in unserem Volk einiges verändert hat. Mein Bruder und ich sind königliche Berater. Wir wollen nicht, dass der Eindruck entsteht, wir würden andere Lemminge ausnutzen. Es ist unser Ziel, Wege zu finden, wie wir die Bevölkerungszahl konstant halten, ohne dass dafür Lemminge in den Tod springen müssen.«

»Naja. Wenn ihr die Weibchen vergiftet, sterben sie und können sich auch nicht vermehren.«

»Das liegt aber nicht in unserem Sinn.«

»Ich weiß nicht warum und ich werde es sicher bereuen, aber ich glaube dir. Ihr seid zwar ein paar schräge Vögel, aber offensichtlich nicht bösartig. Ich werde morgen zu dir kommen.«

Helga verabschiedete sich von den beiden Missionaren, die sich ihrerseits ebenfalls auf den Weg machen mussten, um nicht zu spät zu der Versammlung zu erscheinen.

»Mach ja keinen Unsinn mit der Kleinen«, warnte Hörg seinen Bruder, als sie sicher sein konnten, dass niemand in Hörweite war.

»Was soll schon passieren?«

»Wenn Helga die Kaubonbons nicht verträgt, kann es sein, dass sie bei diesem Weibchen auch nicht wirken. Du willst doch sicher keine Nachkommen in Beta hinterlassen.«

»Wer sagt, dass ich mich mit ihr paaren will?«

»Das habe ich an deinem Blick gesehen.«

»Übertreibe nicht. Ich habe ein rein wissenschaftliches Interesse an Helga. Wenn die Kaubonbons tatsächlich Nebenwirkungen verursachen können, müssen wir das wissen.«

»Das sehe ich ja ein. Versprich mir aber, vorsichtig zu sein.«

»War ich das jemals nicht?«

Hörg verzichtete darauf, seinem Bruder auf diese Frage zu antworten. Sie wussten beide, wie leicht die Situation mit dem Weibchen aus dem Ruder laufen konnte.

Mittlerweile hatten sie den Palast des Statthalters erreicht. Sicher würde Bernd sie dort bereits sehnsüchtig erwarten.

12

Als die Missionare das Podest mit dem Rednerpult erreichten, war der Platz davor bereits dicht gefüllt. Bernd stand neben Siegfried, der an Pfoten und Füßen gefesselt auf einem Stuhl saß und die Brüder mit grimmiger Miene ansah.

»Hallo, Siggi. Schön, dass du Zeit finden konntest, dich zu uns zu gesellen«, begrüßte Hörg den ehemaligen Statthalter, bekam aber keine Antwort. Der Angesprochene saß still auf seinem Stuhl und starrte die beiden Brüder aus hasserfüllten Augen an.

Hörg spielte einen Moment mit dem Gedanken, den Lemming noch ein bisschen zu ärgern, ging dann aber zum Rednerpult und wandte sich an das Volk. Mit Siegfried konnte er sich später noch befassen.

»Hört mir zu«, rief er mit kräftiger Stimme über den Platz. »Mein Name ist Hörg. Mein Bruder Henni und ich sind hierhergekommen, um euch über ein paar wichtige Neuerungen zu informieren, die unser aller Zukunft verändern werden.«

»Ist es wahr, dass wir uns nicht mehr selbst umbringen dürfen?«, fragte eines der Männchen in der ersten Reihe. Das blanke Entsetzen stand ihm ins Gesicht geschrieben.

»Ja, das ist wahr. Und das ist auch gut so. Es gibt aber noch weitere Dinge, die anders sein werden. Zum einen wäre da noch ...«

Die letzten Worte gingen in panischen Schreien und Buhrufen der Masse unter. Erboste Lemminge warfen Gegenstände auf das Podest, sodass sich Hörg hinter dem Rednerpult in Sicherheit bringen musste. Auch Henni und Bernd gingen in Deckung und hielten die Arme schützend vor das Gesicht. Lediglich Siegfried konnte sich nicht wehren und wurde von kleinen Steinen und faulen Pflaumen am Kopf getroffen. Die Situation drohte zu eskalieren. Während die meisten Lemminge vor Schreck in Ohnmacht fielen oder weinend auf dem Boden zusammenbrachen, wollten ein paar von ihnen diese furchtbaren Neuigkeiten nicht hinnehmen und schrien ihren Unmut hinaus. »Lügner« und »Vollidiot« waren noch die harmlosesten Beschimpfungen, welche die Menge für den Redner übrig hatte.

»Hört mir zu«, schrie Hörg verzweifelt, aber seine wütenden Artgenossen waren nicht zu bremsen.

Als eine größere Gruppe kurz davor war, das Podest zu stürmen, brachte ausgerechnet Karla die Rettung. Auf den Befehl von Wolfi drängelte sie sich zwischen die Aufsässigen und ließ mitten in der Menge eine ihrer Stinkbomben explodieren. Der Erfolg war durchschlagend. Einige Lemminge gingen bewusstlos zu Boden. Die anderen sahen sich irritiert um und hielten schützend ihre Pfoten vor die Nase. Hörg wollte die Gunst der Stunde nutzen und trat erneut vor das Rednerpult.

»Gebt mir wenigstens eine Chance, die Sache zu erklären. Wenn ihr euch danach immer noch umbringen wollt, werde ich euch nicht hindern.«

Zu Hörgs Überraschung gaben die Lemminge auf dem Platz tatsächlich Ruhe, abgesehen von vereinzelten Schluchzern, und er konnte mit seinem Vortrag fortfahren. »König Helmut war ein Lügner. Sein Großvater hat vor vielen Generationen die Legenden um den furchtlosen Wonibalt benutzt, um Macht über sein Volk ausüben zu können. Mit den Selbstmorden hielt er zum einen die Anzahl der Lemminge konstant und verhinderte gleichzeitig, dass sich ein anderer Lemming Ambitionen auf den Thron machte. Der König selbst war von der Verpflichtung des Freitods ausgenommen. Helmuts Vater hat genau wie sein Sohn diese Lügen übernommen.

Wonibalt war ein guter Freund des damaligen Königs. Als er durch eine Krankheit dem Tod geweiht war, erfanden sie zusammen die Legende vom gelobten Land und die alten Lehren wurden verboten. Wonibalt war es dann, der die erste Gruppe über den Todesfelsen führte. Er hätte nur noch wenige Tage zu leben gehabt. Im Laufe der Jahre gerieten die alten Lehren unseres Volkes völlig in Vergessenheit. Jeder strebte nur noch danach, in das gelobte Land einzuziehen. Doch dieses existiert in Wahrheit nicht.«

Hörg machte eine kurze Pause, damit sich seine Worte bei den Zuhörern setzen konnten. Er war gespannt, wie die Lemminge aus Beta auf diese Neuigkeiten reagierten, und befürchtete, dass sie ihm nicht glauben würden. Tatsächlich schaute der Missionar in zweifelnde Gesichter. Bevor es erneut zu Widersprüchen und einem Tumult kommen konnte, sprach er schnell weiter.

»Vor der Zeit, in der durch Wonibalt die Massenselbstmode begannen, wurden die Könige vom Rat der vier Weisen beraten. Die Überlebenden bildeten während der Schreckensherrschaft von Helmuts Vorfahren die Untergrundorganisation der Vorboten des heilbringenden Lemmings und bewahrten die alten Lehren. Hilmer, der jetzige König, war mutig genug, sich dem Irrsinn der Todessprünge entgegenzustellen, und weigerte sich als erster Lemming über den Schicksalsberg zu gehen.

Er machte sich auf den Weg in die Tiefen des Berges, wo unter den Städten der Ratten die Kröte Etna ein einsames Dasein fristete. Von ihr hat er die ganze Wahrheit erfahren und gemeinsam mit den letzten Vorboten, Henni und mir Helmuts Lügen aufgedeckt. Ab sofort muss – oder besser gesagt – darf kein Lemming mehr freiwillig vom Schicksalsberg aus in den Tod gehen. Ich weiß, dass das alles für euch zunächst nach einer Katastrophe klingt. Wenn ihr aber genauer darüber nachdenkt, werdet ihr merken, dass sich nun alles zum Guten gewendet hat.«

Während seiner recht langen Rede war Hörg nicht ein einziges Mal unterbrochen worden. Zwar erklangen weiterhin vereinzelte Schluchzer aus den Reihen der Zuhörer, doch keiner wagte es mehr, dem Missionar dazwischenzurufen. Mit tränenüberströmten Gesichtern standen die Lemminge vor dem Rednerpult und schienen nicht so recht zu wissen, wie es weitergehen sollte.

»Was sollen wir denn jetzt tun?«, fragte schließlich einer der Lemminge mit weinerlicher, brüchiger

Stimme.

»Genießt das Leben!«, antwortete Hörg. »Freut euch an jedem Tag, den ihr glücklich und zufrieden an der Seite eures Partners verbringen könnt.«

»Was sagt Siegfried dazu?«, fragte ein weiteres Männchen und deutete auf den ehemaligen Statthalter. »Warum sitzt er gefesselt auf einem Stuhl?«

»Leider hat er sich wenig kooperativ gezeigt«, antwortete Hörg. »Er wird sich nun vor dem neuen König verantworten müssen. Bernd wird sich jetzt als neuer Verantwortlicher um die Belange der Stadt kümmern.«

»Dann sind wir also wenigstens diesen Tyrannen los«, stellte ein Weibchen in der ersten Reihe fest.

»Ja«, bestätigte Hörg. »Siggi wird Beta mit uns verlassen und vermutlich auch nicht wieder zurückkehren.«

Die beiden Missionare hatten damit gerechnet, dass es auch in dem Punkt Widersprüche unter den Anwesenden geben würde. Zu ihrer Verwunderung schienen die Einwohner von Beta aber zumindest mit dieser Entwicklung äußerst zufrieden zu sein.

»Wir haben eine weitere Überraschung für euch, mit der eure Beziehung zu eurem Männchen oder Weibchen noch erfüllter sein wird«, sprach nun Henni zu den Massen. »Wir haben eine Süßigkeit entwickelt, deren Verzehr die Weibchen vor der Befruchtung schützt. So werden wir es schaffen, unsere Anzahl so gering zu halten, dass unsere Lebensräume für alle ausreichen.«

»Sollen wir jetzt keine Welpen mehr bekommen?«, fragte eines der Weibchen interessiert.

»Doch«, antwortete Henni. »Nur nicht zu viele. Du kannst dich mit deinem Männchen paaren, ohne dass etwas passiert.«

»Sooft ich will?«

»Sogar noch öfter«, gab Hörg grinsend zurück. »Wir haben das Mittel in ausreichender Menge hier. Nach der Versammlung könnt ihr es bei unserem Gehilfen erwerben.«

»Und ihr seid wirklich sicher, dass dieses Zeug genau so wirkt, wie ihr es geschildert habt?«, kam eine weitere Frage aus der Menge.

»Absolut. Wir garantieren, dass wir den Kaufpreis zurückzahlen, sollte ein Weibchen trotz der Einnahme der Kaubonbons trächtig werden.«

»Dann wird sie aber einen Welpen bekommen«, rief Siegfried von seinem Platz aus.

»Das ist bisher noch nie passiert. Sollte es aber wirklich einmal dazu kommen, werden wir die Betreffende entschädigen.«

Während ein Teil der Männchen mit hängenden Köpfen den Platz verließen, schauten die meisten Weibchen nun neugierig zu dem Daxi und dem Wagen. Sie trauten sich allerdings zunächst nicht, näher heranzugehen. Ein Grund war wohl auch die unangenehme Erfahrung, die sie bereits mit Karla gemacht hatten. Es war schließlich die Sprecherin von vorher, die als Erste den Mut fand, sich nach dem Preis des angepriesenen Wundermittels zu erkundigen.

Nachdem Henni ihr eine Monatsration der Kaubonbons verkauft hatte, trauten sich auch die anderen Weibchen näher heran. Es folgte ein Ansturm, wie ihn sich die beiden Brüder nicht in ihren kühnsten Träumen hätten vorstellen können. Nach etwa einer Stunde waren beide schweißüberströmt, aber glücklich. Der Wagen war leer und es würde genug Gewinn für die Erfinder übrig bleiben, selbst, nachdem Hilmer seinen

Anteil eingesackt hatte. Beide hatten sich eine kleine Notration des Verhütungsmittels für den eigenen Bedarf zurückbehalten. Um die weitere Versorgung der neugewonnenen Kunden wollten sie sich später kümmern.

»Ich werde Hilmer schreiben, dass er uns neue Ware schicken und Siggi in Gewahrsam nehmen muss«, sagte Hörg später, als die beiden Missionare müde, aber zufrieden in ihrem Quartier saßen. »Der Bote soll uns in drei Tagen an der Weggabelung zwischen Alpha und Beta treffen. Die Zeit wird ausreichen, hier alles Weitere zu regeln.«

»Gute Idee«, stimmte Henni zu. »Wenn er hört, dass wir bereits die komplette Ladung des Wagens verkauft haben, wird er sich sicher freudig darum kümmern. Sein Anteil wird ihm helfen, seine finanziellen Probleme in den Griff zu bekommen. Insgesamt können wir sehr zufrieden mit dem sein, was wir bisher in Beta erreicht haben. Ich hoffe, das wird in den anderen Orten genauso werden.«

Hörg schrieb schnell die entsprechenden Zeilen auf ein Blatt und schickte dann eine der Briefhummeln los. Die beiden Missionare hatten die summenden Botschafter vorsorglich mit in ihr Quartier genommen, sodass sie jetzt nicht zum Wagen zurück mussten.

»Ich denke, ich haue mich aufs Ohr«, sagte Henni und gähnte herzhaft. »Heute war ein anstrengender Tag.«

»Mach das. Ich kann gut verstehen, dass du fit sein willst, wenn du morgen Besuch von Helga bekommst.«

»Ich weiß gar nicht, was du hast«, sagte Henni grinsend. »Ich will lediglich ein paar Tests mit den Weibchen machen.«

»Geh vorher duschen«, lachte Hörg und legte sich dann ebenfalls auf sein Lager.

13

Am nächsten Morgen kam Bernd bereits sehr früh ins Quartier der Missionare. »Ich weiß nicht, ob ich wirklich der richtige Verwalter für diese Stadt bin«, sagte er zweifelnd. »Bisher war ich nur ein einfacher Wachmann und hatte nichts mit Siegfrieds Entscheidungen zu tun. Ich habe keinerlei Erfahrungen und denke, dass diese Aufgabe ein paar Nummern zu groß für mich ist.«

»Mach dir keine Sorgen«, sagte Hörg grinsend. »Wir werden dir noch zwei Tage helfen, die neue Ordnung herzustellen. Auch danach kannst du jederzeit Unterstützung aus Omega anfordern. Du wirst schon sehen, dass du die Aufgabe besser erfüllen kannst, als du jetzt vielleicht denkst. Du darfst nur nie den Fehler machen, dich gegen dein Volk zu stellen. Das würden sie dir nie verzeihen.«

»Bist du dir da sicher?«

»Absolut. Oder glaubst du, Hilmer wurde als König geboren? Er hatte zuvor in seinem Leben nicht wirklich viel auf die Beine gestellt und stand kurz vor seinem Tod. Jetzt führt er das Volk der Lemminge an und ich bin sicher, dass er es gut machen wird. Mach dir nicht zu viele Gedanken.« Hörg schlug dem neuen Stadtverwalter aufmunternd auf die Schulter und lächelte ihn an. »Lass uns in den Audienzsaal gehen«, sagte er dann. »Ich bin gespannt, wie die Bewohner der Stadt auf die Neuerungen reagieren.«

»Kommt Henni nicht mit?«

»Nein. Der hat sich heute ganz der Wissenschaft verschrieben.«

Henni sah seinen Bruder böse an, reagierte aber ansonsten nicht auf dessen Anspielung.

Als Hörg und Bernd den Audienzsaal erreichten, wurden sie dort bereits von einem Pärchen erwartet. Dem zufriedenen Blick des Weibchens entnahm der Missionar, dass die beiden die vergangene Nacht ausgiebig genutzt hatten, die Wirkung des Verhütungsmittels zu testen.

»Was kann ich für euch tun?«, fragte Bernd freundlich und sah seine Besucher auffordernd an.

»Wir hätten in der nächsten Woche zum Schicksalsberg aufbrechen sollen«, erklärte das Männchen unsicher. »Jetzt wissen wir nicht so recht, was wir tun sollen.«

»Ich dachte eigentlich, das wäre nach Hörgs Ausführungen gestern klar. Ihr bleibt natürlich hier.«

»Das haben wir schon verstanden. Das Problem ist nur, dass wir unsere Wohnung zwei anderen Lemmingen versprochen haben. Jetzt benötigen wir sie ja selbst.«

Bernd warf Hörg einen hilfesuchenden Blick zu und atmete erleichtert auf, als dieser das Gespräch übernahm.

»Ihr müsst euer Zuhause selbstverständlich nicht aufgeben. Ihr werdet in der nächsten Zeit alle gemeinsam weitere Häuser bauen müssen, damit junge Familien dort eine Bleibe finden.«

»Aber dann wird die Stadt doch größer«, sagte das Männchen. »Irgendwann wird der Platz nicht mehr für neue Gebäude ausreichen.«

»So viele benötigt ihr ja auch nicht«, sagte Hörg. »Es ist aber wichtig, dass jeder in der Stadt seinen Raum findet und zufrieden leben kann. Ein bisschen Fortschritt ist hierfür sehr wichtig. Mit dem Bau der Wohnungen finden eine Menge Lemminge Arbeit. Es werden neue Produkte entwickelt, die das Leben erleichtern. Mit dem steigenden Konsum wird auch der Wohlstand wachsen. Ihr werdet sehen, dass sich das alles von allein regeln wird.«

»Ich danke dir«, sagte das Männchen sichtlich beruhigt. »Wir werden das den beiden so sagen und ihnen helfen, sich ein Eigenheim zu errichten.«

»Das ist die richtige Einstellung«, stimmte Hörg zu und klatschte in die Pfoten.

Arm in Arm verließ das glückliche Pärchen den Raum. Hörg war sich sicher, dass sie ihre Freude zunächst ganz allein feiern würden. Das Weibchen erweckte nicht den Eindruck, dass sie nach dem Liebesspiel der vergangenen Nacht zu müde für eine Fortsetzung war und warf ihrem Partner lüsterne Blicke zu.

Als Nächstes führten die Wachen den Wirt der Herberge hinein, der die Reisenden bei Siegfried verraten hatte. Das Männchen stand mit gesenktem Kopf vor Bernd und Hörg und wartete darauf zu erfahren, welche Strafe die beiden für ihn vorgesehen hatten.

»Du hast uns unsere Ankunft hier nicht gerade einfach gemacht«, sagte Hörg mit vorwurfsvoller Stimme.

»Was sollte ich denn machen? Es kommt nicht oft vor, dass jemand in die Stadt hineinkommt. Ich hatte klare Anweisungen von Siegfried, dass ich ihn unbedingt informieren muss, wenn sich etwas Ungewöhnliches in der Herberge tut.«

»Verstehe«, sagte Hörg und runzelte die Stirn. Konnte man dem Wirt wirklich einen Vorwurf daraus machen, dass er den Befehl seines Statthalters ausgeführt hatte? Auch für dessen Nachfolger könnte es nützlich sein, eine Information zu erhalten, wenn Reisende in die Stadt kamen.

»Würdest du das Gleiche auch für Bernd tun?«

»Ja, das würde ich. Vorausgesetzt natürlich, dass ich die gleiche Vergütung bekomme.«

»Das ist jetzt nicht die Frage«, stellte Hörg fest. »Zunächst einmal kannst du froh sein, wenn du keine Strafe erhältst.«

»Selbstverständlich.« Der Wirt senkte erneut demütig den Blick. Er schien kapiert zu haben, dass es nicht der richtige Zeitpunkt für Verhandlungen war.

»Wir belassen es dieses Mal bei einer Verwarnung«, sagte Hörg schließlich. »Ab sofort wirst du für den neuen Stadtverwalter tätig sein. Wenn du die Aufgabe einmal zu dessen Zufriedenheit erfüllt hast, könnt ihr euch über eine Vergütung einigen. Kommst du deiner Pflicht aber nicht nach, wirst du eine sehr lange Zeit im Kerker verbringen und verlierst deine Herberge.«

»Ich danke dir für deine Großzügigkeit.«

Hörg versuchte etwas Falsches im Blick des Wirtes zu finden, konnte aber nichts erkennen. Offensichtlich war er ein Schleimer, der sich immer auf die Seite desjenigen stellte, der ihm am meisten Profit versprach. Dennoch entschloss sich der Missionar, es dabei zu belassen. Eine zu harte Strafe hätte auch bei der Bevölkerung der Stadt ein schlechtes Bild auf die neue Ordnung werfen können.

»Du darfst jetzt gehen«, sagte Bernd und warf Hörg einen schnellen Blick zu, der dessen Anordnung mit einem Nicken bestätigte.

In den nächsten Stunden kamen unzählige Lemminge, um sich vom Statthalter Rat für Entscheidungen zu holen. Zunächst führte Hörg maßgeblich die Gespräche. Dann übernahm es Bernd aber immer mehr, mit den Bürgern seiner Stadt zu reden, und tat dies am Ende völlig ohne die Hilfe des Missionars. Beide atmeten erleichtert auf, als die Wachen endlich verkündeten, dass kein weiterer Besucher vor der Tür wartete.

»Alles in allem haben wir uns doch recht gut geschlagen«, stellte Bernd zufrieden fest.

»Mehr als das«, pflichtete Hörg bei. »Es wird sich in der Stadt herumsprechen, dass du ein fairer Verwalter bist, der ein offenes Ohr für die Anliegen seiner Bürger hat. Sie werden froh sein, nach Siggi jemanden als Oberhaupt zu haben, der auf ihre Bedürfnisse eingeht.«

»Ich bin jetzt selbst auch viel zuversichtlicher als heute Morgen.«

»Das kannst du auch sein. Und wenn es wirklich mal zu einem größeren Problem kommt, das du nicht allein lösen kannst, bleibt ja immer noch die Möglichkeit, uns oder den König um Rat zu fragen. So weit weg ist Omega nun auch nicht.«

»Ich bin dir wirklich sehr dankbar, mein Freund.«

»Ich habe dir gerne geholfen. Jetzt bin ich aber wirklich erschöpft. Mal schauen, was Henni in der Zwischenzeit so getrieben hat.«

»Richte ihm meine Grüße aus.«

»Das werde ich tun.«

Die beiden Lemminge verabredeten sich für den nächsten Tag zum Mittagessen. Die morgendliche Audienz wollte Bernd zunächst allein führen.

Als Hörg zurück zu seinem Bruder kam, lag der noch oder wieder auf seinem Schlafplatz. »Du bist mir ein schöner Freund. Während ich den ganzen Tag damit beschäftigt bin, Bernd bei seinen Amtsgeschäften zu helfen, liegst du hier und pennst.«

»Du tust mir unrecht, Brüderchen. Ich war in der Zwischenzeit alles andere als untätig.«

»War Helga da?«

»Ja.«

»Habt ihr euch gepaart?«

»Also wirklich, Hörg. Dass du immer nur an das eine denken kannst.«

»Habt ihr?«

»Schon«, gab Henni zu. »Aber nur, weil ich wissen wollte, warum sie so seltsam auf die Kaubonbons reagiert.«

»Ja, klar. Du hast Helga aus rein wissenschaftlichen Gründen flachgelegt. Hast du ihr wenigstens von dem Verhütungsmittel gegeben?«

»Natürlich. Sie hat auch völlig normal darauf reagiert. Auch als sie eben weg ist, ging es ihr gut.«

»Als wir sie mit Siggi gestört haben, war sie auch noch nicht krank. Was, wenn das noch kommt? Was, wenn sie trächtig wird und dir ihren Welpen präsentiert.«

»Unsinn«, sagte Henni und winkte ab. Seine Stimme klang allerdings nicht so sicher, wie Hörg es von seinem Bruder gewohnt war. »Sie hat die Kaubonbons gegessen. Noch nie ist ein Weibchen trächtig geworden, das unser Mittel eingenommen hat. Und falls sie doch trächtig wird, kann das ja auch von Siggi stammen.«

»Nein«, widersprach Hörg. »Der ist ja nicht zum Abschluss gekommen.«

»Du siehst das alles viel zu schwarz. Es wird schon nix passiert sein.«

»Dein Wort in Etnas Ohr«, brummte Hörg und ging zu seinem Lager. Er ärgerte sich darüber, wie sorglos Henni mit der Situation umging. Gerade als er sich hingelegt hatte, wurde die Zimmertür geöffnet. Helga stürmte mit schweißüberströmtem Gesicht herein, ging auf die Knie und erbrach sich auf den Boden.

»Was ist passiert?«, fragte Henni besorgt und sprang auf.

»Sie hat gekotzt«, antwortete Hörg grimmig. »Es geht ihr also wirklich blendend.«

»Das sehe ich auch.«

»Und wer macht das jetzt weg?«

»Na du. Ich kümmere mich um Helga. Wir können sie doch jetzt nicht vor die Tür setzen.«

»Natürlich nicht«, sagte Hörg sauer. »Der feine Herr hat seinen Spaß und sein dusseliger Bruder räumt den Dreck weg.«

»Ich finde, du reagierst über. Sei so gut und tu mir den Gefallen, ja?«

»Mir bleibt ja nichts anderes übrig.«

Während Henni Helga mit einem feuchten Tuch das Gesicht abwischte und sie anschließend zu seinem Lager führte, damit sie sich hinlegen konnte, stand Hörg auf, um einen Eimer zu holen. Er sah ein, dass jetzt nicht der richtige Moment für eine Diskussion war, würde das Thema allerdings nicht auf sich beruhen lassen.

»Geht es dir jetzt besser?«, fragte Henni besorgt.

»Nein«, ächzte Helga, drehte den Kopf zur Seite und übergab sich ein weiteres Mal.

»Die muss doch irgendwann leer sein«, brummelte Hörg, der gerade damit fertig gewesen war, die erste Lache zu entfernen.

»Sei ein bisschen einfühlsamer«, sagte Henni vorwurfsvoll. »Es geht ihr wirklich schlecht.«

»Hoffentlich scheißt sie nicht auch noch ins Zimmer. Sagte sie nicht, sie hätte auch Durchfall von den Kaubonbons bekommen?«

»Du gibst also zu, dass euer komisches Mittel schuld ist«, sagte Helga.

»Ich verstehe es zwar nicht, aber es wird wohl so sein«, antwortete Hörg.

»Es war ein Fehler, dir die Bonbons noch einmal zu geben«, sagte Henni.

»Schön, dass du das endlich einsiehst. Noch einmal werde ich mich nicht von dir überreden lassen, das Zeug zu schlucken.«

»Wenn du willst, kannst du die Nacht hierbleiben«, sagte Henni und ignorierte Hörgs Kopfschütteln.

»Nein. Ich werde jetzt gehen. Morgen komme ich wieder. Bis dahin kannst du dir über eine angemessene Entschädigung Gedanken machen.«

Helga stand auf und verließ mit müden Schritten den Raum.

»Was wollte die eigentlich hier außer uns die Bude vollkotzen?«, fragte Hörg, als das Weibchen das Zimmer verlassen hatte.

»Sei nicht ungerecht«, antwortete Henni. »Immerhin sind wir an ihrem Zustand schuld.«

»Wieso wir? Ich habe sie nicht überredet, die Kaubonbons ein weiteres Mal zu nehmen. Wenigstens hat sie nicht mein Lager dreckig gemacht. Das da darfst du aber selbst wegwischen.«

»Gib mir den Eimer«, sagte Henni ärgerlich. »Ich weiß, dass du das jetzt nicht einsehen willst, finde es aber wichtig herauszufinden, warum Helga so auf unser Mittel reagiert. Es kann ja auch noch andere Weibchen treffen.«

»Solange wir nicht von weiteren Fällen hören, können wir wenig machen«, sagte Hörg. »Und bevor du jetzt auf komische Ideen kommst: Wir werden Helga nicht mitnehmen.«

»Das hatte ich auch nicht vor.«

»Dann ist es ja gut. Bring den Eimer weg. Ich lege mich

jetzt schlafen.«

Henni verzichtete auf eine weitere Diskussion mit seinem Bruder und folgte dessen Aufforderung. Als er zurückkam, schlief Hörg bereits tief.

14

Der nächste Tag verlief ruhig. Während Hörg die meiste Zeit damit verbrachte, Bernd bei seinen Aufgaben zu helfen, ging Henni mit Helga einkaufen. Er hatte dem Weibchen versprochen, dass er ihr ein paar schöne Sachen schenken würde, und wollte sich auch daran halten. Den Einwand seines Bruders, dass er das gemeinsam verdiente Geld verschwendete, ignorierte er.

Mit Bernd besprach Hörg die weitere Versorgung Betas mit Kaubonbons. Er würde dem Statthalter einmal im Monat eine Lieferung schicken, die er dann verteilen sollte. Die beiden handelten einen fairen Preis aus und der Missionar war mehr als zufrieden, dass er und sein Bruder es geschafft hatten, ihr Produkt so erfolgreich bei den Bürgern von Beta einzuführen.

Zwischendurch besuchte Hörg Wolfi, der gelangweilt bei Karla saß. Um ihn zu beschäftigen, trug der Missionar dem Knaben auf, den Handschuh zu einer Plane zurechtzuschneiden. Die Finger sollte er einfach abtrennen und zusammenrollen. Damit würde sich alles besser transportieren lassen.

Dann kam der Tag der Abreise. Hörg war sofort nach dem Aufstehen bester Laune und freute sich auf zukünftige Abenteuer. Nachdem alles geregelt war, hielt ihn nichts mehr in Beta und er wollte weiter. Es war gut, dass Hilmer an diesem Tag den Nachschub an die Weggabelung schicken sollte. Ansonsten hätte Henni wohl den Vorschlag gemacht, noch ein paar Tage zu bleiben. Dann hätte sich zwischen seinem Bruder und Helga etwas Ernstes entwickeln können, was für die weitere Mission nur mit Nachteilen verbunden gewesen wäre.

Auch Wolfi schien sich darüber zu freuen, dass es endlich weiter ging. Er hatte sich in den letzen Tagen ausschließlich um das Daxi gekümmert und mit ihm längere Ausfahrten gemacht, damit Karla in Bewegung blieb.

Die Reisevorbereitungen waren schnell abgeschlossen. Bernd hatte Siegfrieds private Sachen zusammen-gepackt und auf dem Wagen verstaut. Außerdem versorgte er die Gruppe mit so viel Lebensmitteln, dass sie damit zwei Wochen auskommen würden. Auf Hennis Hinweis, sie würden Alpha in spätestens vier Tagen erreichen, antwortete er grinsend, dass man nie wissen könne, was unterwegs alles passiert.

Nun fehlte nur noch der ehemalige Statthalter. Hörg wollte es sich nicht nehmen lassen, ihn persönlich aus seiner Zelle abzuholen.

»Guten Morgen, Siggi!«, rief der Missionar lachend, als er den Kerkerbereich des Palastes betrat. »Die Reise kann losgehen. Ich hoffe, du hast alles gepackt.«

»Wirklich sehr witzig«, antwortete der Gefangene genervt.

»Sei doch nicht so brummig«, setzte Hörg nach. »Freust du dich nicht auf die Fahrt? Du solltest sie genießen und als Ausflug betrachten. Wir haben herrliches Wetter, da will doch keiner gerne den ganzen Tag in einer Kerkerzelle verbringen.«

»Das einzig Gute ist, dass ich bald dein blödes

Gequatsche nicht mehr ertragen muss.«

»Das wird bei Hilmer auch nicht besser«, gab Hörg grinsend zurück. Er nahm sich vor, den ehemaligen Statthalter in der verbleibenden Zeit noch ein bisschen zu ärgern. Nachdem er ihn und seinen Bruder so unfreundlich empfangen hatte, war das genau die richtige Strafe.

»Ich hoffe doch, dass der König weiß, wie er mit angesehenen Politikern umzugehen hat.«

»Was hat das mit dir zu tun?«

»In den letzten Monaten war ich hier als Vertreter des Königs tätig. Dafür verdiene ich ein bisschen Respekt.«

»Den hast du dir selbst verspielt. Ich gebe dir einen guten Rat, Siggi: Wenn du nach Omega kommst, solltest du dich in Bescheidenheit üben und nicht so große Töne spucken. Wie wir dir ja bereits erklärt haben, hat sich sehr viel geändert, seitdem Helmut tot ist. Wenn du jetzt rumposaunst, wie treu du dem alten Regenten gedient hast, könnte dies dazu führen, dass du noch sehr viel Zeit in einer netten kleinen Einzimmerwohnung mit vergitterten Fenstern verbringst.«

»Können wir jetzt endlich gehen?«, fragte Siegfried resignierend. »Oder hast du noch weitere Vorträge auf Lager, die du mir nicht vorenthalten willst?«

»Da wir gemeinsam reisen, haben wir noch viel Zeit zum Plaudern«, lachte Hörg. »Henni freut sich auch schon sehr darauf, dich wiederzusehen. Ihr könnt dann auch eure Erfahrungen mit Helga austauschen.«

»Was ist mit ihr?«

»Das fragst du am besten meinen Bruder.«

»Das Weibchen hatte nichts mit meinen Geschäften zu tun. Es ist nicht richtig, sie für etwas zu bestrafen, mit dem sie nichts zu tun hatte.«

»Keine Sorge, Siggi. Mein Bruder war ausgesprochen nett zu Helga und ist sehr einfühlsam mit ihr umgegangen.«

»Was soll das heißen?«

»Er hat beendet, was du mit dem Weibchen begonnen hast.«

»Ich werde ihm den Hals umdrehen.«

»Mit gefesselten Pfoten wird das nicht so einfach sein.« Hörg wusste, dass sein Bruder nicht sehr glücklich darüber sein würde, dass Siegfried von ihm und Helga wusste. Aber auch Henni hatte eine kleine Strafe verdient. Sicher würde es interessant sein, die Gespräche zwischen ihm und dem ehemaligen Statthalter zu verfolgen. Nachdem die Wachen Siegfried an den Pfoten gefesselt hatten, führte Hörg den Gefangenen nach draußen, wo Bernd, Wolfi und Henni bereits warteten.

»Leider ist vorne auf der Bank nur Platz für drei. Du wirst also mit der Ladefläche vorliebnehmen müssen. Damit du nicht herunterfällst, werden wir dich schön festbinden.«

»Du bist zu gütig, Hörg«, brummte Siegfried und ließ sich von den Brüdern auf den Wagen ziehen. Die Blicke, mit denen er die beiden bedachte, sprachen Bände. Er nutzte sogar eine Möglichkeit, nach Henni zu treten, der allerdings im letzten Moment auswich und das Seil, mit dem er den Gefangenen sicherte, besonders fest zuzog.

Wolfi saß bereits auf der Bank und wartete darauf, dass es endlich losging. Als die beiden Missionare links und rechts von ihm Platz genommen hatten, gab er Karla den Befehl loszulaufen. Bernd wartete schweigend vor der Tür des Palastes, bis die Reisenden außer Sichtweite waren.

Auf dem Weg zum Stadtrand fanden sich zahlreiche Lemminge ein, die den Missionaren zum Abschied zuwinkten. Die Tränen waren aus ihren Gesichtern verschwunden. Die Bewohner der Stadt hatten gelernt, dass es Dinge gab, die ein Weiterleben lohnenswert machten. Nicht zuletzt war dies auch der Wirkung der Kaubonbons zu verdanken. Henni und Hörg unternahmen keinen Versuch zu verhindern, dass Siegfried mit faulen Lebensmitteln beworfen wurde.

»Ich bin gespannt, wen Hilmer geschickt hat, um uns die neue Ware zu liefern«, sagte Henni, als die Reisenden das freie Feld erreicht hatten.

»Vermutlich Anton und Paula«, antwortete Hörg. »Ich glaube nicht, dass er einem anderen die wertvolle Fracht anvertraut.«

»Vielleicht kommen ja auch Bert und Gerd.«

»Das würde Siggi sicher besonders freuen. Sagte er nicht, dass er gerne einmal ein paar Ratten kennenlernen wollte?«

»Was heckt ihr beiden jetzt schon wieder für eine Schweinerei aus?«, fragte der Gefangene auf der Ladefläche.

»Oh, du bist wach«, sagte Hörg und drehte den Kopf, damit er den ehemaligen Stadtverwalter anschauen konnte. »Ich dachte schon, du würdest da hinten ein kleines Nickerchen machen, um dich von der anstrengenden Zeit in der Zelle zu erholen.«

»Rede nicht so einen Unsinn. Was ist mit den Nagern? Ich möchte zum König gebracht und nicht an diese mordenden Bestien ausgeliefert werden.«

»Bert und Gerd sind eigentlich ganz nett«, entgegnete Henni. »Du solltest dich aber vor deren Mutter in Acht nehmen. Wenn Rosa dich in ihren Bau zieht, wirst du dich nach einer schönen Kerkerzelle sehnen.«

Hörg begann prustend zu lachen. »Ich denke schon, dass Siggi zunächst seinen Spaß mit dem Rattenweibchen hätte.«

»Aber nicht lange«, gab Henni ebenfalls lachend zurück. »Du weißt ja, dass Rosa in diesen Dingen unersättlich ist.«

»Wovon redet ihr beiden Spinner überhaupt?«

»Glaub mir, Siggi. Das möchtest du gar nicht wissen.«

»Kannst du nicht endlich damit aufhören, mich so zu nennen?«

»Klar könnte ich das«, antwortete Hörg. »Ich will es aber nicht.«

Auf der weiteren Reise versuchten die beiden Missionare noch mehrfach; Siegfried in ein Gespräch zu verwickeln. Er schien allerdings kein Interesse an einer weiteren Konversation zu haben, lag schweigend auf dem Wagen und schaute seine Peiniger böse an.

Am Nachmittag erreichten sie dann die Weggabelung, an der sie die neue Ware in Empfang nehmen und den Gefangenen übergeben wollten. Leider fanden sie die Stelle leer vor, sodass ihnen nichts anderes übrig blieb, als zu warten.

15

»Da ist Hilmer«, rief Henni überrascht und deutete auf einen Wagen, der sich langsam auf dem Weg aus der Hauptstadt näherte.

»Ich sage doch, dass der niemandem traut«, lachte Hörg, sprang vom Wagen hinunter und lief auf den König zu.

Die beiden Lemminge fielen sich in die Arme. Dann begrüßte Hilmer Henni genauso herzlich.

»Ich dachte mir, ich komme selbst, um zu schauen, wie

es euch geht«, sagte der König strahlend. »In der Stadt ist wenig los, da tut ein bisschen Abwechslung gut. Der Dicke auf dem Wagen, ist das Siegfried?«

»Das ist eine Frechheit«, regte sich der ehemalige Regent von Beta auf. »Das muss ich mir nun wirklich nicht bieten lassen. Ich hatte gehofft, dass ein König bessere Manieren hat als diese Spinner, die sich Missionare nennen.«

»Jetzt reg dich nicht gleich so auf, Siggi«, gab Hörg zurück. »Ein bisschen pummelig bist du ja schon.«

»Ich habe nicht mit dir gesprochen.«

»Das Ostvolk scheint ja nicht viel Spaß zu verstehen«, grinste Hilmer. »Da haben ja Bert und Gerd mehr Humor.«

»Er ist ein bisschen gereizt«, erklärte Henni seinem Freund und deutete nach vorne. »Das ist übrigens Wolfi. Wir haben ihn auf dem Hinweg aufgegabelt. Er kümmert sich sehr gut um das Daxi und wird uns auf den weiteren Reisen begleiten.«

»Solange ich nicht seinen Lohn zahlen muss, ist mir das recht«, sagte Hilmer, ging zu dem Knaben und reichte ihm zur Begrüßung die Pfote.

»Gibt es etwas Neues aus Omega?«

»Nein, Henni. Die Lemminge dort gewöhnen sich langsam an den Gedanken, weiterleben zu müssen. Manchen fällt es noch schwer, die Ratten als Freunde zu akzeptieren. Sicher wird sich das aber auch bald ändern.«

»Solange keiner von ihnen Helmut nachtrauert, ist es ja gut«, sagte Hörg. »Hast du noch etwas von Dieter gehört?«

»Nein. Der Hamster bleibt verschwunden. Er war schon immer ein Feigling und wird sich wohl kaum in unsere Nähe trauen. Lasst uns zunächst einmal zum

Geschäftlichen kommen. Ich hatte nicht erwartet, dass ihr die komplette Ladung bereits in Beta verkaufen würdet.«

»Wir auch nicht«, sagte Henni. »Es war schon überwältigend, wie sich die Weibchen auf das Mittel gestürzt haben. Ich bin gespannt, wie lange der Nachschub hält, den du mitgebracht hast.«

»Die anderen Städte sind kleiner. Wenn ihr aber doch noch etwas braucht, schickt wieder eine Briefhummel. Ich freue mich mit euch über euren Erfolg.«

»Natürlich tust du das«, lachte Hörg »Immerhin kassierst du die Hälfte davon.«

»Gut, dass du es ansprichst«, sagte Hilmer und lachte ebenfalls. »Für diese Lieferung muss ich euch 60% berechnen.«

»Was?«, riefen Henni und Hörg wie aus einem Mund.

»Naja. Immerhin habe ich euch das Zeug gebracht. Das hat mich eine ganz schöne Stange Geld gekostet.«

»Für was denn?«, regte sich Henni auf. »Du nimmst dir eines deiner Zugtiere aus dem Stall und machst einen Ausflug. Dafür kannst du unmöglich noch zusätzliche Kohle verlangen. Außerdem musstest du sowieso Siggi abholen.«

»Auch das siehst du nicht ganz richtig.«

»Wie meinst du das?«

»Beruhige dich, Henni. Es bringt überhaupt nichts, wenn du hier so herumschreist. Sieh es doch einmal so. Wenn ihr den ehemaligen Stadtverwalter nach Omega gebracht hättet, wäre euch dafür mindestens ein kompletter Tag verloren gegangen. So könnt ihr ohne Umweg weiterreisen.«

»Das kann nicht dein Ernst sein«, schimpfte Hörg. »Du verdienst an den Kaubonbons sowieso schon mehr als wir. Auch die Produktion kostet Geld.«

»Das stimmt zwar«, gab der König zu. »Aber tatsächlich kostet sie mein Geld. Ihr zahlt weder etwas für die Rohstoffe noch für das Labor.«

»Du bist ein Halsabschneider.« Hörg spürte, wie ihm das Blut in den Kopf stieg. Es war unfassbar, wie Hilmer sich aufführte. Vor allem wenn man bedachte, wie viel die beiden Brüder bereits für ihn getan hatten. Wären sie nicht gewesen, wäre er vor Wochen von Turgi, Targi und Torgi über den Schicksalsberg geschleift worden.

»Ihr vergesst, dass ich einen ganzen Staat regieren muss. Die Kassen sind leer.«

»Das erzählst du uns ständig«, maulte Henni, zählte das Geld ab und hielt es Hilmer hin. »Das ist die Hälfte des Umsatzes für die Kaubonbons, die wir selbst mitgenommen haben. Dafür kannst du jetzt unmöglich mehr verlangen.«

»Das tue ich ja auch nicht. Wenn ihr weiter so guten Umsatz macht, kann ich den Anteil bald wieder senken«, versuchte Hilmer seine beiden Berater zu beruhigen.

»Was heißt bald?«, wollte Hörg wissen.

»Wenn die nötigsten Investitionen getätigt sind.«

»Das kann dauern«, sagte Henni. Er drehte sich zu Wolfi um, der die ganze Zeit bei Karla gestanden und der Diskussion der drei Lemminge zugehört hatte. »Lad schon einmal alles um. Wir wollen so wenig Zeit verlieren wie möglich.«

»Wenn ihr mir helft, geht es schneller.«

»Willst du jetzt auch noch anfangen zu verhandeln«, blaffte Hörg den Knaben an. Der sah ein, dass es dafür nicht der richtige Zeitpunkt war, und machte sich schnell an die Arbeit. Zunächst musste er allerdings

Siegfried von der Ladefläche losbinden. Der schien sich inzwischen endgültig in sein Schicksal ergeben zu haben und wehrte sich nicht, als Wolfi ihn vom Wagen zog und zwischen den beiden Brüdern fallen ließ.

»Komm ja nicht auf dumme Gedanken, Siggi«, maulte Hörg den Gefangenen an. »Wenn der Kleine die Ware umgeladen hat, binden wir dich wieder fest. Nur fährst du dann mit Hilmer weiter.«

»Ich kann nicht sagen, dass ich euch vermissen werde.«

»Freu dich nicht zu früh«, sagte Henni. »Wir sehen uns sicher bald wieder.«

»Darauf kann ich verzichten.«

»Glaub nur nicht, dass dich in Omega ein schönes Leben erwartet«, sagte Hilmer. »Meine beiden Berater haben mir von deinem Verhalten berichtet. Zunächst wartet der Kerker des Palastes auf dich. Wenn du dich gut benimmst, werde ich dich vielleicht nicht zur Zwangsarbeit in den Rattenbau schicken.«

»Da kannst du mich lieber gleich umbringen!«, schrie Siegfried entsetzt. »Seid ihr alle völlig übergeschnappt? Gibt es denn keine normalen Lemminge mehr?«

»Kommt auf die Sichtweise an«, grinste Hilmer. »Und jetzt halt die Klappe.«

»Ich hoffe, dass die Regenten der anderen Städte vernünftiger sind«, sagte Henni.

»Leider kenne ich die Herrschaften auch nicht«, gab Hilmer zu.

»Wir werden schon irgendwie klarkommen«, sagte Hörg zuversichtlich.

»Das ist richtig«, sagte der König. »Zu der Leistung kann man euch nur gratulieren. Es wird sicher nicht immer so problemlos laufen.«

»So einfach war es dann auch wieder nicht«, sagte Henni. »Immerhin hat Siggi uns in den Kerker werfen lassen.«

»Jetzt sollten wir uns aber ein bisschen beeilen«, sagte Hörg und deutete zum Himmel. »Es ist schon spät und es sieht so aus, als könnte es Regen geben.«

»Bloß das nicht«, sagte Hilmer und schüttelte sich. »Auf eurem weiteren Weg wünsche ich euch viel Erfolg. Ärgert euch nicht zu sehr wegen dem Geld. Ihr wisst, dass ich nicht anders handeln kann.«

»Wir werden deinen Staat noch richtig reich machen«, sagte Hörg nun schon wieder besser gelaunt. Lange böse sein konnte er seinem Freund sowieso nicht. Er beschloss, mit Henni darüber zu reden, dass man den Preis für die Kaubonbons anheben könnte, um den Verlust wieder hereinzuholen. In Beta hätten die Weibchen sicher auch mehr dafür bezahlt. Hilmer würden sie davon natürlich nichts sagen.

Mittlerweile hatte Wolfi die Ware umgeladen. Henni und Hörg banden den Gefangenen auf den Wagen und verabschiedeten sich von ihrem König.

»Also gut, Siggi. Dann wollen wir mal zum Palast fahren«, sagte Hilmer grinsend.

»Würde es dir etwas ausmachen, mich Siegfried zu nennen?«

»Ja.«

»Dann sprich lieber gar nicht mehr mit mir.«

»Auch den Gefallen kann ich dir leider nicht tun.«

Henni und Hörg warteten, bis ihr Freund mit seinem Daxi losgefahren war, und stiegen dann auf ihren Wagen. Das große Abenteuer konnte weitergehen.

16

»Ich bin froh, dass wir diesen Siegfried endlich los sind«, sagte Wolfi nach einer Weile.

»Er war ein langweiliger Reisebegleiter«, stimmte Hörg zu. »Und ein harmloser.«

»Ganz ohne war Siggi nicht«, widersprach Henni seinem Bruder.

»Ach was. Der wollte sich doch nur wichtig tun. Maulwürfe die bellen, beißen nicht.«

»Ich weiß nicht, Hörg. Unterschätzen darf man den Kerl nicht. Wenn sich die Wachen nicht auf unsere Seite gestellt hätten, wäre es nicht so leicht gewesen, ihn zu überwältigen.«

»Das mag sein. Jetzt wird er aber ganz sicher kleinere Törtchen backen müssen.«

»Es heißt Brötchen«.

»Was?«

»Du meintest: kleinere Brötchen backen.«

»Das ist doch völlig egal«, sagte Hörg und schaute seinen Bruder kurz irritiert an. »Auf jeden Fall wird Hilmer schon mit Siggi klarkommen. Selbst wenn er ihn irgendwann mal freilässt, wird er nie wieder so viel Macht erreichen wie als Verwalter von Beta.«

»Vermutlich hast du recht«, gab Henni zu.

»Wir sollten nun auf die Aufgaben schauen, die vor uns liegen. Bis wir Alpha erreichen, werden wir mindestens zwei Mal übernachten müssen.«

»Heute sollten wir auf jeden Fall die erste Herberge nehmen, die wir finden«, sagte Henni. »Das Wetter wird schlechter.«

Hörg schaute nach oben und sah, dass sein Bruder leider recht hatte. Der Himmel wurde immer dunkler und es würde wohl nicht mehr lange dauern, bis es zu regnen begann. Wenn es etwas gab, was ein Lemming verabscheute, war es Wasser. »Vielleicht sollten wir die Ware mit der Plane abdecken«, sagte er schließlich.

»Das wird nicht so einfach werden«, sagte Wolfi kleinlaut.

»Wie meinst du das?«

Der Knabe warf Hörg einen reumütigen Blick zu und sagte dann mit leiser Stimme. »Die Kisten stehen auf der Plane.«

»Das ist jetzt nicht dein Ernst, oder?«

»Sie lag auf der Ladefläche, und als ich die Kaubonbons umgeladen habe, habe ich sie eben oben drauf gestellt. Ich konnte ja nicht wissen, dass wir sie brauchen würden.«

Der Blick, den Hörg dem Knaben zuwarf, sprach Bände. Am liebsten hätte er ihm in diesem Moment mit Anwendung roher Gewalt einen Vortrag über logisches Denken gehalten. Andererseits hätten er und sein Bruder besser aufpassen müssen, was Wolfi tat, während sie mit Hilmer und Siggi beschäftigt gewesen waren.

»Es dauert auf jeden Fall zu lange, jetzt alles umzuladen«, sagte Henni. »Lasst uns lieber versuchen, so schnell wie möglich zu einer Herberge zu kommen, bevor es zu regnen beginnt.«

Wolfi befahl Karla, schneller zu laufen. Die Lemminge mussten allerdings bald einsehen, dass sie es nicht schaffen würden, trocken an ihr Ziel zu gelangen. Als die ersten Tropfen fielen, stieß Henni einen Fluch aus.

»Es hätte ja wieder nicht anders kommen können«, maulte er. »Wenn uns dieser Geizkragen einen geschlossenen Wagen gegeben hätte, würden wir jetzt nicht nass werden.«

»Für alles kannst du Hilmer aber auch nicht verantwortlich machen«, sagte Hörg.

»Wäre es dir lieber, wenn ich dir die Schuld gebe?«

»Nein! Was kann ich dafür, dass es regnet?«

»Nichts. Wir haben einfach für so eine Reise das falsche Gefährt.«

»Reg dich nicht auf, Henni. Die paar Tropfen werden uns schon nicht umbringen.« Kaum hatte Hörg zu Ende gesprochen, wurde der Regen stärker. Ein Blitz erhellte die Umgebung und der Donnerschlag schien von allen Seiten gleichzeitig zu kommen. Dann öffnete der Himmel seine Schleusen und ein wahrer Sturzbach fiel auf Karla und die Lemminge herab. Innerhalb von Sekunden waren sie nass bis auf die Haut. Henni sagte etwas zu Hörg, aber der konnte durch das Prasseln des Regens nichts verstehen. Vermutlich war das auch besser so.

Der Wind wurde immer stärker. Die Lemminge, die auf dem Wagen keinen geeigneten Schutz hatten und sich krampfhaft festhalten mussten, um nicht hinunterzufallen, froren entsetzlich. Selbst das Daxi zitterte, kämpfte sich aber unaufhaltsam den Weg entlang.

Durch den aufgeweichten Boden und das Wasser um sie herum wurde es für Karla zunehmend schwerer, den Wagen zu ziehen, und die Reisenden kamen immer langsamer voran. Es schien ihnen, als wäre eine Ewigkeit vergangen, bis endlich vor ihnen die Laterne eines Gasthofes zu sehen war. Es dauerte aber mindestens noch eine halbe Stunde, bis sie das Haus erreichten. Der Regen wurde langsam etwas schwächer, hörte aber erst auf, als sie den Platz vor der Herberge erreichten.

»Die paar Tropfen«, sagte Henni und blickte seinen

Bruder vorwurfsvoll an.

»Ja gut. Ich habe das Wetter vielleicht ein kleines bisschen zu optimistisch eingeschätzt.«

»So wie das, was wir gerade erlebt haben, stelle ich mir den Weltuntergang vor.«

»Du übertreibst mal wieder«, sagte Hörg. Auch er war froh, dass sie nun endlich einen trockenen Platz gefunden hatten. Im Gegensatz zu seinem Bruder hakte er die vergangenen Strapazen aber wesentlich schneller ab.

Der Wirt kam aus der Herberge heraus und sah die Reisenden entsetzt an. »Was treibt ihr denn bei diesem Wetter hier draußen im Freien?«

»Wir wollten Pilze sammeln«, sagte Henni ärgerlich.

Bevor sich der Wirt darüber beschweren konnte und vielleicht so verärgert sein würde, dass er sie nicht in seine Herberge aufnehmen würde, übernahm Hörg das Wort.

»Wir sind auf dem Weg nach Alpha. Wir brauchen ein Zimmer und eine Scheune, in der wir das Daxi und den Wagen unterstellen können.«

»Das ist kein Problem«, antwortete der Wirt. Er warf Henni noch einen skeptischen Blick zu und rief dann nach einem Gehilfen, der sich um Karla kümmern sollte. Wolfi und die beiden Missionare führte er direkt in den Schankraum, wo sie sich an einer Feuerstelle aufwärmen und trocknen konnten. Danach ging er in die Küche und versprach, etwas Warmes zu essen zuzubereiten.

Es dauerte nicht lange, bis der Wirt mit drei dampfenden Schüsseln zurückkehrte. »Ich hatte noch etwas Eintopf«, erklärte er. »Er wird euch gut tun und von innen wärmen.«

Die drei Lemminge bedankten sich und machten sich

dann über die Suppe her, die erstaunlich lecker war. Der Wirt, der sich ihnen als Reiner vorgestellt hatte, setzte sich zu den Reisenden und schaute ihnen schweigend beim Essen zu. Hörg sah ihm an, dass ihm einige Fragen unter den Krallen brannten. Das Männchen war aber so höflich zu warten, bis seine Gäste ihr Mahl beendet hatten. Nachdem Henni aber schließlich als Letzter seine leere Schüssel von sich wegschob, hielt es Reiner nicht länger aus.

»Ihr seid aus nördlicher Richtung gekommen und könnt demnach nicht auf dem Weg zum Schicksalsberg sein. Das ist mehr als ungewöhnlich. Was ist euer Ziel?«

Hörg beschloss, dem Wirt die Wahrheit zu sagen. Schließlich war auch Reiner ein Männchen, das irgendwann zum Todesfelsen aufbrechen würde, wenn er nichts von den Neuerungen erfuhr. Er erzählte ihm von Hilmer, der Suche nach den wahren Lehren ihres Volkes und Helmuts Tod. Wie erwartet traten Reiner die Tränen in die Augen, als er erfuhr, dass die Massenselbstmorde der Lemminge Geschichte waren.

»Ich kann verstehen, dass es dich jetzt schwer trifft, nicht ins gelobte Land einziehen zu können«, sagte Henni verständnisvoll. »Letztlich wirst aber auch du dich irgendwann darüber freuen, weiterleben zu dürfen.«

»Du verstehst mich falsch«, sagte Reiner und wischte sich die Tränen aus dem Gesicht. »Ich weine nicht, weil ich mich nicht mehr umbringen darf.«

»Warum denn sonst?«, fragte Hörg überrascht.

»Es ist einfach sehr traurig, dass ihr nicht eine Woche früher hierhergekommen seid. Mein Weibchen und mein Bruder sind vor vier Tagen zum Schicksalsberg aufgebrochen. Beide wurden gestern 15 Monate alt und sind jetzt vermutlich tot.«

»Das muss nicht zwingend so sein«, entgegnete Henni.

»Wie meinst du das?«

»Der Schicksalsberg wird bewacht. Es kann gut sein, dass die beiden rechtzeitig informiert wurden und nicht gesprungen sind. Wenn das so ist, werden sie, nachdem sie den ersten Schock überwunden haben, hierher zurückkommen.«

»Ich hoffe, du hast recht«, sagte Reiner und versuchte eine zuversichtliche Miene aufzusetzen, was ihm aber nicht gelingen wollte. »Wenn ihr wollt, zeige ich euch jetzt eure Zimmer.«

17

Am nächsten Morgen war Henni als Erster wach. Er stand auf, ging zum Fenster, fluchte so laut, dass sein Bruder aufschreckte, und legte sich wieder auf sein Lager.

»Was ist denn los?«, fragte Hörg schlaftrunken.

»Es regnet.«

»Immer noch?«

»Ja. Zwar nicht mehr so stark, aber genug, um nach einer halben Stunde im Freien völlig durchnässt zu sein. Ich gehe heute nirgendwo hin.«

»Stell dich nicht so an, Henni. Wir können schlecht einfach hierbleiben.«

»Natürlich können wir das.«

»Und wenn es morgen auch regnet?«

»Ist mir völlig egal. Selbst wenn es die nächsten zwei Wochen dauert, solange das Wetter so bleibt, gehe ich nirgendwo hin.«

»Das finde ich jetzt ein bisschen übertrieben. Ich wäre gerne bis zum Winter zurück in Omega.«

»Spinn nicht rum«, entgegnete Henni gereizt. »Wir haben Frühjahr.«

»Wenn du aber nur bei Sonnenschein reisen willst, kommen wir dieses Jahr nicht mehr nach Hause.«

»Das ist mir im Moment alles egal. Ich bleibe hier. Basta.«

Hörg sah ein, dass seinem Bruder in dieser Stimmung mit vernünftigen Argumenten nicht beizukommen war. Andererseits würde es ihnen nicht wirklich schaden, ein oder zwei Tage in der Herberge zu bleiben. Er beschloss, Henni noch ein bisschen liegen zu lassen und zunächst einmal mit Wolfi zu Karla zu gehen. Während der Knabe das Daxi versorgte, wollte er selbst nachsehen, ob die Verpackung der Kaubonbons wasserdicht geblieben war. Wenn nicht, würden sie das Verhütungsmittel zum Trocknen in der ganzen Scheune verteilen müssen.

Henni fragte nicht nach, wohin sein Bruder wollte, als der ihrem Gehilfen ein Zeichen gab, ihm zu folgen, und den Raum verließ.

»Was ist denn mit Henni los?«, fragte Wolfi grinsend.

»Dem geht es gut. Manchmal ist er einfach etwas gereizt. Dann lässt man ihn am besten in Ruhe. Den Rat solltest du immer befolgen, wenn du nicht irgendwann einmal das Opfer seiner Launen werden willst.«

»Danke für die Warnung.«

Beide Lemminge lachten und gingen dann über den Hof zur Scheune. Bereits auf dem kurzen Weg wurden sie so nass, dass Hörg zu frieren begann. Innerlich gab er seinem Bruder recht. Ideales Reisewetter hatten sie heute wirklich nicht.

Karla stürzte sich sofort auf Wolfi und leckte ihm mit der Zunge das Gesicht. Der Knabe legte beide Arme um den Kopf des Stinktiers und drückte es herzlich. Die beiden schienen wirklich gute Freunde geworden zu sein.

Hörg ging zum Wagen und öffnete eine der Kisten mit den Kaubonbons. Seine schlimmsten Befürchtungen bestätigten sich nicht. Das Wasser hatte zwar die Verpackung aufgeweicht, war aber nicht durch sie hindurch gedrungen. Sie mussten lediglich die oberste Lage auspacken und den Wirt nach neuen Kartons fragen. Eine Aufgabe, die Wolfi im Laufe des Tages übernehmen konnte. Zeit hatten sie heute genug.

Hörg ging zurück in die Herberge. Wolfi wollte erst Karla füttern und später nachkommen. Henni saß bereits mit finsterer Miene im Schankraum und wartete auf das Frühstück. Aus der Küche war das Klappern von Pfannen zu hören. Hörg setzte sich zu seinem Bruder und grinste ihn herausfordernd an.

»Was ist los?«, fragte Henni mürrisch.

»Mit der Ware ist alles in Ordnung. Das Unwetter hat keinen echten Schaden angerichtet.«

»Ich reise heute trotzdem nicht weiter.«

»Das musst du ja auch nicht. Irgendwann wird der Regen schon aufhören.«

Reiner kam mit dem Essen herein und fragte, ob er sich zu den beiden Missionaren setzen dürfte. Die beiden stimmten nickend zu. Es tat ihnen leid, dass der Wirt sein Weibchen und den Bruder verloren hatte. Solche Schicksale würden künftig der Vergangenheit angehören. Viel zu lange waren im Volk der Lemminge Familien entzweit worden, weil Angehörige ins gelobte Land einziehen wollten.

Den Rest des Tages verbrachten die königlichen Berater damit, sich in ihrem Zimmer zu langweilen. Da sein Bruder nicht sehr gesprächig war, nutzte Hörg die

Zeit für ein ausgiebiges Schläfchen. Der Regen wurde wieder stärker und sorgte damit nicht dafür, dass Hennis Laune besser wurde.

Am Abend hörten sie plötzlich freudiges Geschrei aus dem Schankraum.

»Was ist denn da los?«, fragte Hörg neugierig und setzte sich auf. Henni sah ihn nur sichtlich gelangweilt an. Offensichtlich hatte er mit seiner Reiselust auch das Interesse an allem verloren, was um ihn herum passierte. So verließ Hörg allein den Raum und ging nach unten.

Dort angekommen traf er auf einen fröhlichen Reiner, der ein Weibchen im Arm hielt. Neben den beiden stand ein Männchen, das dem Wirt wie aus dem Gesicht geschnitten war. Hörg wusste auch ohne Erklärung, wer da den Weg vom Schicksalsberg zurückgefunden hatte. Er freute sich sehr darüber, dass sich dieses Mal alles zum Guten gewendet hatte.

Auch Wolfi war mittlerweile im Schankraum angekommen und saß an einem Tisch. Hörg und Henni, der seinem Bruder dann doch gefolgt war, setzten sich zu ihm.

»Das sind Inka und Heiner«, erklärte Reiner strahlend. »Ich hätte niemals damit gerechnet, die beiden wiederzusehen, und danke euch, dass ihr dafür gesorgt habt, dass die sinnlosen Selbstmorde endlich abgeschafft wurden.«

»Es war nicht allein unser Verdienst«, übte sich Hörg in Bescheidenheit. »Auch der neue König hatte seinen Anteil daran.«

»Zunächst war ich sehr enttäuscht, als mir die Wachen sagten, dass ich nicht vom Todesfelsen springen darf«, erklärte Inka. »Dann habe ich mich doch gefreut, wieder zu meinem geliebten Männchen zurückkehren zu dürfen.«

»Siehst du«, sagte Hörg zu seinem Bruder gewandt. »Es ist richtig, was wir tun. Auch die Lemminge in den anderen Städten haben das Recht zu erfahren, dass die alten Lehren wieder in Kraft sind.«

»Dagegen habe ich ja auch gar nichts gesagt«, brummte Henni. »Ich will lediglich abwarten, bis das Wetter besser wird.«

»Heute würde ich euch sowieso nicht mehr abreisen lassen«, sagte Reiner noch immer strahlend. »Schließlich müssen wir feiern, dass meine Familie wieder vereint ist.«

Der Wirt forderte Inka und Heiner auf, sich zu setzen. Dann ging er hinter seine Theke und öffnete ein Fass seines besten Weines. Als jeder den ersten Krug geleert hatte, füllte er nach und ging anschließend in die Küche. Die Lemminge im Schankraum hörten, wie der Wirt in der Küche pfeifend mit seinen Töpfen und Pfannen hantierte. Inka übernahm es, dafür zu sorgen, dass die Krüge ihrer Gäste nie leer wurden.

Nach einiger Zeit kehrte Reiner zurück. Er tischte die erlesensten Speisen auf, die er in seinem Vorratslager gefunden hatte. Die Lemminge machten sich freudig über das köstliche Mahl her.

Reiner konnte gar nicht genug davon bekommen, sich von Inka und Heiner erzählen zu lassen, was sie in Omega erlebt hatten. Dabei floss der Wein weiter in Strömen und der Wirt ließ es sich nicht nehmen, auch noch ein zweites Fass zu öffnen. Lediglich Wolfi, der den Wein nicht so gut vertrug, lag bereits mit dem Kopf auf dem Tisch und schnarchte zufrieden vor sich hin. Henni und Hörg wussten, dass sie es später bereuen würden, tranken ihre Krüge aber genauso schnell aus wie die Besitzer der Herberge. Die Stimmung wurde immer ausgelassener. Als sie endlich zu Bett gingen, hatte Hörg das Gefühl, sein Schädel wäre auf das Doppelte angewachsen. Eigentlich hatte er Inka noch mit ein paar Kaubonbons versorgen wollen. Dies würde nun aber bis zum nächsten Tag warten müssen. Er war sich sicher, dass Reiner heute Nacht ohnehin nicht mehr in der Lage sein würde, mit seinem Weibchen einen Liebesakt durchzuführen. Dass er sich in diesem Punkt irrte, sollte er niemals erfahren.

Auch am nächsten Morgen regnete es und hörte auch im Verlauf des Tages nicht auf. Der Stimmung in der Herberge tat dies jedoch keinen Abbruch. Selbst Henni war bester Laune, obwohl er genau wie Hörg leichte Kopfschmerzen verspürte. Reiner war überglücklich, dass er Inka und seinen Bruder wieder hatte, und zeigte sich genauso großzügig wie am Abend zuvor. So kam es, dass alle Lemminge im Haus bereits nachmittags stark angetrunken waren. Allerdings zog es Wolfi vor, der Hörg versicherte niemals wieder Alkohol trinken zu wollen, den Tag bei Karla zu verbringen.
Auch am dritten Tag wurde das Wetter nicht besser. Nach dem vierten Krug Wein nahm Hörg seinem Bruder das Versprechen ab, am nächsten Tag die Reise auf jeden Fall fortzusetzen. Er befürchtete, dass sie beide dem Alkohol sonst völlig verfallen würden. Hilmer würde seinen Beratern kräftig in den Hintern treten, wenn er erfuhr, wie die sich hier volllaufen ließen, anstatt ihre Mission zu erfüllen. Da würde auch ein Hinweis auf das schlechte Wetter nicht helfen.
Als er am nächsten Morgen hinaus auf den Hof trat, wurde er von strahlendem Sonnenschein erwartet. Der Missionar atmete erleichtert auf und beeilte sich, Henni

und Wolfi zu sagen, dass sie endlich weiterreisen konnten. Reiner bekam zum Abschied eine kleine Kiste Kaubonbons und zog sich grinsend mit seinem Weibchen in die Schlafräume zurück.

18

»Es wird Zeit, dass du erste Erfahrungen mit einem Weibchen machst«, sagte Henni, als Wolfi Karla auf die Straße in Richtung Alpha lenkte.

»Das ist richtig«, stimmte Hörg zu. »In deinem Alter hatten mein Bruder und ich unsere erste Paarung bereits hinter uns. Du solltest nicht länger damit warten.«

»Meint ihr wirklich?«, fragte Wolfi und sah seine Arbeitgeber unsicher an.

»Aber natürlich«, antwortete Henni grinsend. »Wir können ein Weibchen für dich klarmachen, wenn du willst.«

»Ich weiß nicht. Eigentlich wollte ich damit noch ein bisschen warten.«

»Unsinn«, sagte Hörg lachend. »Stell dir vor, du wirst morgen von einer Schneeeule erwischt. Oder stürzt eine Klippe hinab. Oder ertrinkst in einem Fluss. Oder du ist verdorbenes ...«

»Ich denke, das reicht«, lachte Henni. »Was Hörg dir sagen will, ist, dass du auf keinen Fall als Jungfrau ins Jenseits gehen solltest. Du musst jeden Tag genießen, als wäre es dein letzter. Wir werden schon eine nette Gespielin in deinem Alter finden.«

Wolfi war anzusehen, dass er nicht wusste, ob die beiden Brüder ihn nur veralbern wollten oder ob sie es ehrlich meinten. Beide schauten den Knaben, so ernst sie konnten, an. Schließlich schafften sie es nicht mehr, sich zu beherrschen. Fast gleichzeitig prusteten sie los, um dann in schallendes Gelächter auszubrechen. Wolfi sah Henni und Hörg beleidigt an und konzentrierte sich darauf, das Daxi zu lenken.

»Achtung, eine Schneeeule!«

Die beiden Missionare dachten zunächst, dass ihr Gehilfe sich mit dieser Warnung an ihnen rächen wollte. Zumal Hörg mit dem Raubvogel als möglichem Todesengel argumentiert hatte. Als Wolfi aber das Daxi anhielt, vom Wagen sprang und sich unter Karlas Bauch flüchtete, erkannten sie, dass er es ernst meinte. Beide verließen die Sitzbank im Eiltempo und rannten auf die Wiese, wo sie einen Maulwurfshügel sahen.

»Lauf schneller«, rief Hörg, der sich mit einem kurzen Blick nach oben orientierte. »Das Biest ist direkt über uns.«

Beide Lemminge wussten, dass sie keine Chance haben würden, wenn die Schneeeule auf sie herunterstieß. Bisher schien sie das mögliche Mittagsmahl aber noch nicht bemerkt zu haben. Wie alle Raubvögel gehörte sie zu den natürlichen Feinden ihres Volkes. Bisher hatten sie allerding nur selten davon gehört, dass tatsächlich ein Lemming diesen Bestien zum Opfer gefallen war. Und wenn, wäre dies unter Helmuts Herrschaft ohnehin eher ein Grund zur Freude gewesen.

Hörg erreichte den Maulwurfshügel und kletterte am Erdhaufen hoch. Ohne zu zögern, ließ er sich in die Öffnung fallen, um in den Bau zu gelangen. Sein Bruder versuchte ihm zu folgen, blieb aber mit den Hüften im Loch stecken, als er sich kopfüber hineinstürzte.

»Hilf mir«, schrie Henni und fuchtelte panisch mit den

Pfoten vor Hörgs Gesicht herum.

»Wenn du nach mir schlägst, kann ich dich nicht hineinziehen. Halt endlich still.« Hörg griff nach Hennis Armen und zog, so fest er konnte. So sehr er sich auch bemühte seinen Bruder freizubekommen, es gelang ihm nicht. In der Dunkelheit konnte er nicht das Geringste erkennen. »Versuch den Bauch einzuziehen«, rief Hörg und zog ein weiteres Mal mit aller Kraft.

Endlich kam Henni frei. Er fiel nach unten, landete auf seinem Bruder und drückte ihn zu Boden. Im gleichen Moment stieß die Schneeeule ihren Schnabel in den Erdhaufen.

»Steh auf«, ächzte Hörg mit kaum wahrnehmbarer Stimme. »Ich bekomme keine Luft mehr.«

Henni krabbelte zur Seite und die beiden Missionare blieben einen Moment schwer atmend auf dem Boden liegen. »Das war knapp«, schnaufte er und schaute nach oben zu der Öffnung, die die Schneeeule inzwischen wieder freigegeben hatte.

»Darauf kannst du einen lassen«, entgegnete Hörg. »Glaubst du mir jetzt, dass du in der letzten Zeit ein ganz kleines bisschen pummelig geworden bist? Das kommt davon, wenn man tagelang nur auf seinem Lager liegt.«

»Es ist nicht der richtige Zeitpunkt, sich über meine Figur Gedanken zu machen«, entgegnete Henni beleidigt.

»Natürlich ist es das. Deine Figur hätte dich beinahe das Leben gekostet.«

Die Lemminge wussten, dass sie noch lange nicht in Sicherheit waren. Der Raubvogel würde ohne Zweifel warten, ob die sicher geglaubte Beute wieder hervorkam. So sehr sie sich auch um Wolfi und das

Daxi sorgten, sie durften ihr Versteck zunächst nicht verlassen.

»Hier stinkt es«, sagte Henni nach einer Weile. »Und aufgeräumt müsste auch mal werden. Ich wüsste zu gerne, in was für ein Dreckloch wir hier geraten sind.«

»Ich finde es mehr als unhöflich, in die Behausung eines Fremden einfach einzudringen und sich dann auch noch über die Sauberkeit zu beschweren«, erklang eine Stimme aus dem hinteren Teil des Baus.

»Ähm«, sagte Henni überrascht und versuchte, im Dunkel des Ganges etwas zu erkennen. »So habe ich es natürlich nicht gemeint.«

»Wie denn dann?«

»Ich dachte nicht, dass hier jemand wohnt.«

»Rede dich nicht heraus«, sagte der Unbekannte, der sich den beiden Lemmingen noch immer nicht zeigte. »Du solltest zukünftig nachdenken, wo du dich befindest, bevor du irgendwelche Beleidigungen aussprichst.«

»Ich sagte doch, dass ich es nicht so gemeint habe. Es tut mir leid, wenn meine Äußerungen dich verärgert haben.«

»Das will ich hoffen.« Endlich kam der Maulwurf so weit aus seiner Höhle heraus, dass die beiden Missionare ihn erkennen konnten. »Was wollt ihr eigentlich hier?«

»Wir mussten uns vor einer Schneeeule verstecken, und haben es in letzter Sekunde in deinen Bau hinein geschafft«, antwortete Henni.

»Verstehe«, sagte der Maulwurf, ging ein weiteres Stück auf seine ungebetenen Gäste zu und schnüffelte an ihnen. »Seid ihr Feldmäuse?«

»Um Etnas Willen, nein«, entfuhr es Hörg und er schüttelte entschieden den Kopf. »Jetzt bist du es, der beleidigend wird.«

»Was seid ihr dann?«

»Ich bin Hörg und mein Bruder heißt Henni. Wir sind Lemminge.«

»Das ist interessant. Ihr seid die Ersten eurer Art, denen ich begegne, auch wenn ich natürlich schon davon gehört habe, dass es euch gibt. Ich bin übrigens Knut.«

»Unser Volk reist für gewöhnlich nicht sehr viel«, erklärte Henni.

»Seid ihr diese eigenartigen Wesen, die freiwillig in den Tod springen, um irgendeinem verrückten Propheten zu folgen? Eine Ratte erzählte mir mal, dass sie die Leichen dieser komischen Selbstmörder entsorgen würden. Zunächst wollte ich ihr nicht glauben und dachte an einen Scherz, weil ich mir nicht vorstellen konnte, dass es derartig dumme Wesen gibt. Da mein Gast aber nicht von seiner Behauptung abwich und mir sehr unschöne Einzelheiten über die toten Leiber sagen konnte, habe ich ihm schließlich geglaubt.«

»Es stimmt, was die Ratte gesagt hat«, gab Hörg zu.

»Es waren tatsächlich Lemminge, die sich in der Vergangenheit in den Freitod stürzten.«

»Willst du damit sagen, dass sie es jetzt nicht mehr tun?«

»Genau«, bestätigte Hörg.

»Das wird die Ratten freuen.«

»Nicht nur die, Knut«, sagte Henni. »Auch wir sind froh, dass unser Volk endlich zur Vernunft gekommen ist.«

»Es hat euch doch keiner dazu gezwungen.«

»Das ist eine längere Geschichte«, sagte Hörg.

»Ich habe Zeit«, erklärte Knut bestimmt. »Es gibt nicht

viel Abwechslung, wenn man wie ich unter der Erde lebt. Meine Artgenossen wohnen auf der anderen Seite des Flusses. Ich habe meine Familie eine Ewigkeit nicht gesehen. Da ihr sicher noch einen Moment warten müsst, bis ihr euch wieder ins Freie wagen könnt, spricht doch nichts dagegen, mir zu berichten, was es mit diesen Selbstmorden auf sich hat. So etwas Verrücktes habe ich nämlich wirklich noch nie gehört.«

»Also gut«, gab Henni nach und begann damit, Knut von Wonibalt und dem gelobten Land zu erzählen. Der Maulwurf hörte aufmerksam zu und unterbrach den Lemming nicht ein einziges Mal.

»Ihr seid in der Tat ein mehr als eigenartiges Volk«, sagte der Maulwurf schließlich. »Du hast mich mit deinem Bericht köstlich unterhalten. Deshalb verzeihe ich euch auch, dass ihr ohne Einladung in meinen Bau eingedrungen seid. Ihr dürft jetzt gehen.«

»Wie meinst du das?«, fragte Hörg überrascht und konnte sich im letzten Moment eine spitze Bemerkung darüber verkneifen, dass sie sich keineswegs als Knuts Gefangene gefühlt hatten.

»Die Schneeeule wird inzwischen weg sein«, antworte Knut. »Ihr könnt eure Reise fortsetzen. Wenn ihr mal wieder in der Nähe seid, würde ich mich über einen kurzen Besuch freuen.«

Henni und Hörg sahen den Maulwurf verwirrt an. Es mochte ja sein, dass ihr Volk sich in der Vergangenheit alles andere als normal verhalten hatte. Ganz bei vollem Verstand war Knut allerdings auch nicht. Vermutlich lebte er wirklich schon viel zu lange allein unter der Erde.

»Wir sind dir dankbar, dass du uns Unterschlupf gewährt hast«, sagte Henni. »Wenn du möchtest, kannst du uns gerne auch einmal in Omega am

Schicksalsberg besuchen.«

»Ich denke nicht«, antwortete Knut. »Genau genommen verlasse ich meinen Bau nie. Ich habe hier unten alles, was ich brauche, und kann mich sicher bewegen. Im Freien sehe ich so gut wie nichts und würde mögliche Gefahren nicht erkennen können.«

»Du könntest uns begleiten«, schlug Henni vor. »Unser Ziel wird uns früher oder später auf die andere Seite des Flusses führen. Du könntest dort nach deiner Familie suchen.«

»Ich weiß euer Angebot wirklich zu schätzen. Ich denke aber wirklich, dass ich zu alt für eine so weite Reise bin.«

»Wir können dich nicht zwingen«, sagte Henni.

Die Brüder reichten Knut zum Abschied die Pfote und versprachen ihm, noch einmal zu Besuch zu kommen, wenn ihre Mission beendet war. Dann verließen sie den Bau. Dabei steckte Hörg zunächst vorsichtig seinen Kopf aus dem Maulwurfshügel und sah sich um. Wolfi saß neben Karla auf dem Boden und winkte freudig. Die Schneeeule entdeckte er nicht. Dafür schwirrte eine Wolke von Fliegen um das Daxi herum. Hörg konnte sich denken, wie das Stinktier den Raubvogel in die Flucht geschlagen hatte, und grinste seinen Bruder an.

»Wolfi hat wieder mit Karla geschossen.«

»Ich wusste, dass er sich nicht so leicht unterkriegen lassen würde«, freute sich Henni.

»Komm endlich aus dem Loch heraus.« Hörg half seinem Bruder aus der Höhle und die Lemminge klopften sich die Erdklumpen vom Körper.

»Knut war eigentlich ganz nett«, sagte Hörg auf dem Weg zum Wagen.

»Später ja«, bestätigte Henni. »Zunächst habe ich

mich aber ganz schön erschreckt, als der Maulwurf aufgetaucht ist. Ich dachte schon, dass er uns rauswerfen will.«

»Du hättest eben nicht so vorlaut sein sollen. Das sage ich dir immer wieder.«

Beide Lemminge lachten erleichtert auf. Die Sache war gerade noch einmal gut gegangen. Wolfi begrüßte seine Arbeitgeber überschwänglich und berichtete, wie Karla der Schneeeule die Gaswolke direkt vor die Nase geschossen hatte. Der sei dann taumelnd in Richtung Wald geflogen und zwischen den Bäumen verschwunden.

Den Reisenden war durchaus bewusst, dass das Biest jederzeit wiederkommen konnte. Aus diesem Grund stiegen sie sofort auf den Wagen und machten sich auf den Weg.

Am Nachmittag erreichten sie eine weitere Herberge und beschlossen, die Nacht dort zu bleiben, um dann am darauffolgenden Tag die restliche Strecke nach Alpha zurückzulegen. Als sie näher an das Gebäude herankamen, sahen sie einen ihnen wohlbekannten Lemming draußen auf der Bank sitzen.

»Das darf nicht wahr sein«, ächzte Henni. »Wo kommt denn der Kerl jetzt her?«

»Hallo, meine lieben Freunde. Ich wusste, dass ihr irgendwann hier ankommen würdet«, begrüßte Norbert die Gruppe. »Eigentlich hatte ich euch aber schon vor ein paar Tagen erwartet. Was habt ihr denn so lange bei Siegfried gemacht?«

»Wir wurden aufgehalten«, sagte Hörg knapp. »Ich dachte, du wärst längst in einer der anderen Städte.«

»Das war ich auch«, antwortete Norbert. »Aber das erzähle ich euch lieber später.«

Hörg spürte, wie sich seine Nackenhaare langsam aufstellten. Er war sich nicht sicher, ob er wissen wollte, was dem Lemming aus Beta widerfahren war und wurde das Gefühl nicht los, dass sich seine Erlebnisse auf die weitere Mission auswirken würden. Auf keinen Fall konnte es etwas Gutes bedeuten, dass er hier auf ihn und seinen Bruder wartete.

19

Der Wirt kam ins Freie, um seine Gäste zu begrüßen. Über den Preis für die Übernachtung wurden sich die Lemminge schnell einig und auch Karla bekam einen warmen Platz in einem Stall zugewiesen. Das Männchen stellte den Reisenden sich als Jochen und seine Tochter Lisa vor, die sich um deren Bewirtung kümmern sollte. Hörg schätzte sie auf etwa ein halbes Jahr. Sie würde einmal ein sehr hübsches Weibchen werden. Ein Blick zu Wolfi verriet ihm, dass dies auch dem Knaben nicht entgangen war. Alles hätte zur vollsten Zufriedenheit der Missionare sein können, wäre da nicht Norbert gewesen.

»Nun erzähl schon, was du hier machst«, sagte Hörg, als sie zusammen im Schankraum saßen.

»Das ist alles nicht so einfach.«

»Das ist uns klar, Norbert«, sagte Henni. »Andernfalls würdest du wohl kaum hier auf uns warten. Warst du in Alpha?«

»Das ja. Allerdings lief es dort nicht so günstig für mich, wie ich es erhofft hatte.«

»Was hast du angestellt?«, fragte Hörg. Sein ungutes Gefühl meldete sich wieder und sagte ihm, dass er es besser auf sich beruhen lassen und nicht weiter nachfragen sollte. Aber dafür war es bereits zu spät.

»Als ich nach Alpha kam, beachtete man mich zunächst kaum. Ein paar Lemminge schauten mich neugierig an, aber das war es dann auch. Es leben dort etwa halb so viele Lemminge wie in Beta. In den Straßen ist wenig los und Besucher kommen so gut wie nie in die Stadt. Ich hatte eine Arbeit gefunden und beschlossen, an diesem Ort zu bleiben, bis ihr irgendwann auftauchen würdet.«

»Wieso das?«, fragte Henni. »Wenn du dich in das Leben der Bürger integrieren konntest, brauchtest du uns doch nicht mehr.«

»Ich wollte euch auf den weiteren Stationen eurer Reise begleiten«, sagte Norbert.

»Wie kommst du darauf, dass wir dich mitgenommen hätten?«, fragte Hörg.

»Warum hättet ihr das nicht tun sollen?«

Dem Missionar fielen eine ganze Reihe von Gründen ein, warum er und Henni Norbert nicht gebrauchen konnten. Er verzichtete aber darauf, sie ihm mitzuteilen. Im Moment würde ihnen ohnehin nichts anderes übrig bleiben, als seine Anwesenheit zu akzeptieren.

»Ich verstehe immer noch nicht, warum du jetzt hier bist«, meinte Henni. »Warum bist du nicht in Alpha geblieben?«

»Ich wurde verjagt«, antwortete Norbert.

»Es ist nicht so, dass mich das jetzt wundern würde«, stellte Hörg fest. »Dennoch wäre es schön, wenn du endlich verraten würdest, was genau passiert ist. Lass einfach alles Unwichtige weg.«

»Am Abend meines dritten Tages in Alpha traf ich in einer der Spelunken auf den Sohn des Statthalters. Wir tranken ein paar Krüge Bier und er erzählte mir, dass sein Vater in wenigen Wochen zum

Schicksalsberg aufbrechen müsste und er dessen Amt dann übernehmen würde.«

»Daraufhin hast du ihm von der neuen Ordnung in Omega berichtet«, vermutete Hörg und sah Norbert böse an.

»Das ist richtig.«

»Du solltest unserem Eintreffen dort doch nicht vorgreifen«, schimpfte Henni.

»Sicher hat er dir nicht geglaubt und wir werden es noch schwerer haben, die Lemminge in Alpha zu überzeugen, als es ohne dein Gequatsche gewesen wäre«, pflichtete Hörg seinem Bruder bei. »Wenigstens wissen wir jetzt, warum sie dich rausgeworfen haben.«

»Ganz so einfach ist es nicht«, widersprach Norbert. »Unerklärlicherweise freute sich Sören zunächst darüber, sich nicht vom Todesfelsen auf die Klippen stürzen zu müssen. Dann sagte er mir aber, dass niemand in Alpha davon erfahren dürfte.«

»Und ich weiß auch warum«, brummte Hörg, der immer ärgerlicher wurde.

»Kennst du Sören etwa?«

»Nein, du Idiot. Aber es ist ja wohl klar, warum er diese Neuigkeit für sich behalten wollte. Nicht wahr, Henni?«

»Natürlich«, bestätigte er. »Sören wollte warten, bis er das Amt seines Vaters übernommen hat. Dann hätte er die neue Ordnung aus Omega auch in seinem Palast übernommen.«

»Genau so war es«, bestätigte Norbert.

»Es ist schon schlimm genug, dass du überhaupt etwas erzählt hast. Aber dass die Bewohner des Palastes Bescheid wissen, bevor wir dort ankommen, könnte sich katastrophal auf unsere Mission auswirken. Vor allem dann, wenn der Regent ähnlich reagiert wie Siggi.« Hörg fiel es jetzt immer schwerer, seine Wut zu unterdrücken. »Ich hoffe, du hast diesem Sören wenigstens nichts von uns erzählt«, blaffte er Norbert an.

Der senkte nur den Blick und schaute zu Boden.

»Also doch.«

»Er wollte wissen, was der jetzige König unternimmt, um die Kunde von den neuen Gesetzen im Land zu verbreiten.«

»Du bist wirklich selten dämlich«, maulte Henni.

»Vermutlich wird Sören jetzt verhindern wollen, dass wir im Palast ankommen.«

»Er deutete so etwas an, ja«, gab Norbert zu.

»Das hast du wirklich toll hinbekommen«, schrie Hörg.

»Wir hätten dich zum Schicksalsberg gehen lassen sollen.«

»Ihr seid doch jetzt nicht böse, oder?«

»Aber nein. Es ist ja alles in Ordnung. Kein Problem, dass du unsere Mission gefährdet hast. Entspann dich. Nimm dir noch einen Krug Bier.« Als Norbert tatsächlich nach seinem Getränk griff, schlug ihm Hörg mit der flachen Hand vor die Stirn. Dann stand er wütend auf und verließ den Raum.

»Dann darf ich euch wohl nicht auf eurer weiterer Reise begleiten«, sagte Norbert betrübt.

»Oh doch«, entgegnete Henni. »Du wirst ganz sicher bei uns bleiben.«

»Dann verzeiht ihr mir?«

»Nein. Wir wollen lediglich vermeiden, dass du weiteren Schaden anrichtest und auch noch Gamma gegen uns aufbringst. Am besten gehst du meinem Bruder aber den Rest des Abends aus dem Weg.«

Norbert sah sehr unglücklich aus, als er aufstand und den Schankraum verließ. Henni hatte aber wenig Mitleid mit dem Kerl. Er wandte sich stattdessen Wolfi zu, der die ganze Zeit über schweigend am Tisch gesessen und den Streit beobachtet hatte.

»Wie gefällt dir eigentlich Lisa?«, fragte Henni und versuchte, dabei so beiläufig wie möglich zu klingen.

»Sie scheint recht nett zu sein«, antwortete Wolfi und schaute seinen Arbeitgeber misstrauisch an. Sicher konnte er sich denken, dass er diese Frage nicht ohne Grund gestellt hatte.

»Findest du sie auch hübsch?«

»Ja.«

»Sie ist in deinem Alter.«

»Oh nein, Henni«, sagte Wolfi und schüttelte energisch den Kopf. »Ich weiß, worauf du hinaus willst. Bitte lass es sein. Ich möchte nicht, dass du oder Hörg versucht, uns beide zu verkuppeln.«

»Das habe ich überhaupt nicht vor. Was denkst du denn von mir?«

»So ein bisschen kenne ich dich mittlerweile.«

Henni grinste nur. Es würde sich schon noch eine Gelegenheit ergeben, etwas zu arrangieren, dass die beiden Halbwüchsigen allein sein konnten. In diesem Moment kehrte Hörg zurück in den Schankraum.

»Wo ist der Kerl?«

»Ich habe ihm gesagt, dass er den Rest des Abends besser in seinem Zimmer verbringen sollte.«

»Ich könnte ihn umbringen.«

»Das weiß ich«, lachte Henni. »Deswegen habe ich ihn ja weggeschickt.«

»Wir müssen trotzdem nach Alpha«, sagte Hörg, nachdem er einen großen Schluck aus seinem Bierkrug genommen hatte.

»Natürlich. Der Statthalter muss informiert werden. Sicher wird es ihn auch interessieren, was sein Junior so gegen ihn unternimmt.«

»An dem müssen wir irgendwie vorbei. Wenn wir einmal im Palast sind, schaffen wir es auch zum Regenten. Der Weg dorthin wird allerdings nicht einfach.«

»Wir könnten Norbert opfern.«

»Wenn das hilft, bin ich auf jeden Fall dazu bereit«, stimmte Hörg zu.

Natürlich hatten die Brüder nicht wirklich vor, ihrem neuen Wegbegleiter etwas anzutun. Sie wurden sich aber sehr schnell darüber einig, dass eine Brise von Karlas Ausdünstungen nicht schaden konnte, um seine Gehirngänge frei zu bekommen. Bevor sich die beiden noch weitere Gemeinheiten überlegen konnten, um sich an Norbert zu rächen, trat Lisa an den Tisch und schaute die Missionare schüchtern an.

»Seid ihr diese Typen mit den Kaubonbons?«

»Was meinst du?«, spielte Henni den Unwissenden.

»Es soll da so ein Mittel zur Empfängnisverhütung geben. Ich habe gehört, dass ihr beiden das erfunden habt.«

»Norbert«, sagte Henni und grinste seinen Bruder an. »Offensichtlich kann er niemals seine Schnauze halten. Wir sollten ihm die Zunge herausschneiden.«

»Kann ich welche bekommen?«, fragte Lisa weiter.

»Hast du denn ein Männchen, mit dem du dich paaren willst?«, gab Hörg neugierig zurück.

»Nein. Ich dachte mir aber, dass es wichtig ist, vorbereitet zu sein.«

»Da hast du völlig recht«, sagte Henni lachend. »Man weiß ja nie, was das Leben für einen bereit hält.«

»Also gebt ihr mir etwas davon?«

»Ich kümmere mich um Karla«, sagte Wolfi, stand auf und verließ mit hochrotem Kopf den Schankraum.

Die Missionare brachen in schallendes Gelächter aus,

während Lisa einfach nur überrascht zur Tür schaute.

»Natürlich können wir dir ein Päckchen geben«, sagte Hörg. »Sie kosten natürlich etwas.«

»Ich habe aber kein Geld. Meinen Vater kann ich in dem Fall auch nicht fragen.« Das Weibchen sah die Brüder enttäuscht an und ging mit hängendem Kopf aus dem Raum.

»Die Jugend wird heutzutage immer früher reif«, sagte Hörg grinsend, als er mit Henni allein im Schankraum saß.

»Warte mal ab, bis sie wiederkommt. Ich habe da so eine Idee.«

»Du willst doch nichts mit der Kleinen anstellen, oder?«

»Natürlich nicht«, entgegnete Henni. »Was denkst du von mir?«

»Gut. Nach der Geschichte mit Helga solltest du dich jetzt ein bisschen zurückhalten und nicht auch noch etwas mit halben Welpen anfangen.«

»Lisa ist ein halbes Jahr alt. Damit ist sie bereits seit mindestens einem Monat geschlechtsreif.«

»Trotzdem ist sie für dich zu jung«, stichelte Hörg weiter. Natürlich ahnte er längst, worauf sein Bruder hinauswollte.

»Es geht ja auch nicht um mich. Lass mich mal machen. Mein Plan wird dir gefallen.«

Die Brüder nahmen einen großen Schluck Bier und lehnten sich dann entspannt zurück. Nach der Zeit bei Reiner hatten sie heute einen sehr abwechslungs-reichen Tag hinter sich und waren froh, sich endlich in der Herberge ausruhen zu können.

Der Streit mit Norbert war zunächst vergessen, auch wenn ihnen die Folgen seiner Taten noch große Probleme bereiten würden. Darum konnten sie sich morgen immer noch kümmern.

Als Lisa einige Zeit später mit dem Essen wiederkam, machte sie immer noch ein enttäuschtes Gesicht. Wortlos stellte sie die Schüsseln vor den Gästen ab und wollte sofort wieder verschwinden.

»Warte einen Moment«, sagte Henni. »Wenn du uns einen kleinen Gefallen tust, schenken wir dir das Mittel.«

Lisa blieb überrascht stehen. »Ist das euer Ernst?«

»Klar.«

»Was soll ich machen?«

»Nicht viel«, antwortete Henni. »Unser kleiner Freund ist so überhastet in den Stall gegangen, dass er sein Abendessen vergessen hat. Könntest du es ihm bringen?«

Hörg drehte den Kopf von Lisa weg, damit sie sein Grinsen nicht sah. Sein Verdacht, welchen Plan Henni verfolgte, hatte sich bestätigt. Wolfi würde toben, wenn er davon hörte.

»Sonst nichts?«

»Nein. Das ist alles.«

Lisa schien zwar ein wenig überrascht zu sein, wie leicht sie sich das Mittel verdienen konnte, sagte aber nichts mehr. Sie nahm Henni das Päckchen aus der Hand und ging in die Küche, um etwas zu essen für Wolfi zu holen.

20

Als Henni und Hörg Wolfi am nächsten Morgen auf Lisa ansprachen, schaute er sie nur verträumt an. Den Brüdern war das allerdings Antwort genug. Sie klopften ihrem Gehilfen anerkennend auf die Schulter und beglückwünschten ihn dazu, nun ein richtiges Männchen zu sein. Dann befahlen sie ihm, Karla und den Wagen fertigzumachen, während sie selbst ihre Sachen aus dem Zimmer holen und Norbert Bescheid sagen wollten.

Hörg war zunächst nicht begeistert von der Idee die Plaudertasche mitzunehmen, sah dann aber ein, dass sie ihn besser unter Kontrolle hatten, wenn er bei ihnen war. Norbert hatte genug Unsinn angestellt. Ob sie ihn später auch mit zurück nach Omega nehmen würden, war eine ganz andere Frage. Vielleicht fand sich ja bei der Überquerung des Flusses eine Möglichkeit, sich nachhaltig von der Nervensäge zu trennen.

Die Brüder nahmen Wolfi wie gewohnt auf der Sitzbank des Wagens in die Mitte. Da für einen vierten Lemming dort kein Platz war, musste Norbert laufen. Als ihm dies bewusst wurde, beschwerte er sich sofort.

»Das ist nicht fair. Der Knabe ist viel jünger als ich. Er sollte laufen.«

»Er lenkt das Daxi«, widersprach Henni und schüttelte den Kopf.

»Wir können ja alle abwechselnd ein Stück gehen.«

»Das glaubst auch nur du«, brummte Hörg. »Sei froh, dass wir dich überhaupt mit uns gehen lassen.«

»Bist du immer noch böse wegen der Sache mit Sören?«

»Das sage ich dir, wenn wir beim Regenten im Palast sind.«

Lisa und ihr Vater winkten den Reisenden zum Abschied. Das junge Weibchen warf Wolfi noch einen sehnsüchtigen Blick zu, der den Knaben erröten ließ.

»Du musst ja wirklich eine heiße Nacht hinter dir haben«, lachte Henni.

»Lass ihn«, sagte Hörg. »Der Gentleman schweigt und genießt.«

Wolfi saß stumm in der Mitte der Bank. Die Missionare

waren aber sicher, dass ihr Gehilfe in Gedanken noch immer im Stall der Herberge war.

Als die Sonne ihren höchsten Stand erreicht hatte, sahen die vier Lemminge bereits die ersten Häuser von Alpha vor sich. Unterwegs waren sie recht schweigsam gewesen. Wolfi schaute verträumt in den Himmel, Norbert lief mit gesenktem Blick hinter dem Wagen her und die beiden Brüder dachten darüber nach, wie sie an Sören vorbei in den Palast kommen konnten.

Plötzlich flog etwas auf den Wagen zu und schlug hinter ihnen in die Sitzbank ein. Geschockt sah Henni auf den Schaft des Armbrustbolzens, der direkt zwischen Wolfi und ihm im Holz feststeckte.

»Runter«, schrie er voller Panik, sprang auf den Boden und krabbelte hastig unter den Wagen. Aus den Augenwinkeln heraus sah er, dass Hörg und Wolfi ebenfalls neben ihm Schutz suchten. Lediglich Norbert stand weiterhin auf der offenen Straße und schaute dumm aus der Wäsche.

»Was soll der Unsinn?«, schrie Henni, als drei weitere Bolzen in den Wagen einschlugen. »Wollen diese Spinner uns umbringen?«

»Ich geh mal fragen«, antwortete Hörg, der seinen ersten Schock überwunden hatte, und kroch vorsichtig aus seiner Deckung hervor. Er sah, wie drei Männchen, die mit schussbereiten Armbrüsten bewaffnet waren, auf sie zu kamen. Er stand auf und ging ihnen ein paar Schritte entgegen.

»Seid ihr noch ganz dicht? Seit wann bringen sich Lemminge gegenseitig um?«

»Wir wollen euch nicht töten«, sagte das Männchen in der Mitte. »Aber wir werden es tun, wenn ihr nicht verschwindet.«

»Sehr gastfreundlich seid ihr hier in Alpha ja nicht gerade«, stellte Henni fest. Mittlerweile hatte auch er seine größte Angst überwunden und stand nun an der Seite seines Bruders.

»Ihr braucht euch keine Mühe zu geben. Wir wissen genau, warum ihr hier seid.«

»Dann bist du Sören«, vermutete Hörg.

»Ja. Wir können es kurz machen. Euer redseliger Freund hat mir bereits alles berichtet, was ich wissen muss. Kommt in zwei Wochen wieder und ich werde euch herzlich in der Stadt empfangen.«

»Ich weiß nicht, was dir Norbert alles erzählt hat«, sagte Henni. »Du solltest aber wissen, dass wir dem neuen Rat der vier Weisen angehören und als Berater des Königs absolute Immunität besitzen.«

»Das hilft euch hier nicht weiter. Der Arm des Königs reicht nicht weit genug. Wir können euch aus dem Verkehr ziehen, ohne dass überhaupt jemand erfährt, dass ihr hier wart.«

»Die neuen Lehren werden sich nicht aufhalten lassen«, erklärte Hörg bestimmt.

»Das habe ich auch nicht vor.«

»Was dann?«

»Ich bitte euch lediglich um zwei Wochen. Geht meinetwegen zunächst nach Gamma und kommt dann wieder. Wenn mein Vater tot ist und ich Regent dieser Stadt geworden bin, werde ich euch helfen, die Einwohner Alphas von der Unsinnigkeit der Selbstmorde zu überzeugen.«

»Was hat dein Vater dir getan, dass du dich so gegen ihn stellst?«, wollte Henni wissen.

»Wenn ihr ihn kennenlernen würdet, könntet ihr mich vielleicht verstehen«, antwortete Sören. »Er ist faul, übergewichtig und interessiert sich nur für sein persönliches Wohlergehen. Korbinian ist nicht in der Lage, die Stadt zu führen.«

»Aber du bist es?«

»Ich wäre mit Sicherheit ein besserer Regent als mein Vater.«

»Wenn das wirklich so ist, haben wir die Möglichkeit, Korbinian abzusetzen und dich zum Stadtverwalter zu ernennen«, sagte Hörg. »Wenn du dich aber jetzt gegen uns stellst, wirst du niemals vom König akzeptiert werden. Da nützt dir der Tod deines Vaters gar nichts.«

»Darauf werde ich es ankommen lassen«, sagte Sören mit finsterer Miene. »In einer Woche bricht Korbinian zum Schicksalsberg auf. Ich werde ihm zwei Wachen mitgeben, die sicherstellen, dass er auch wirklich springt. Danach sehen wir weiter.«

»Damit wirst du niemals durchkommen«, sagte Henni.

»Das werden wir sehen. Ihr werdet Alpha heute allerdings nicht betreten und solltet jetzt verschwinden.«

»Wir werden gehen«, sagte Hörg und gab seinem Bruder, der ihn entsetzt ansah, ein Zeichen ruhig zu sein. »Wir haben die Massenselbstmorde nicht abgeschafft, damit sich die Lemminge jetzt gegenseitig umbringen.«

»Es freut mich, dass man vernünftig mit dir reden kann. In zwei Wochen sehen wir uns wieder. Bis dahin wünsche ich euch eine erfolgreiche Reise.« Sören drehte sich um und ging mit seinen beiden Begleitern, die allerdings nach wie vor ihre Waffen auf die Missionare richteten, in Richtung Stadt.

»Willst du den Mistkerl wirklich damit durchkommen lassen?«, zischte Henni seinem Bruder zu.

»Nein. Unbewaffnet haben wir aber keine Chance, an

ihm vorbei in die Stadt zu kommen. Wenn wir Hilmer benachrichtigen, schickt der uns zwar Unterstützung, aber ich möchte keinen Krieg gegen Alpha führen. Wir müssen uns etwas anderes einfallen lassen. Dazu sollten wir aber zunächst von hier verschwinden.«

»Wo willst du denn hin?«

»Wir gehen zur Herberge zurück. Das ist nicht sehr weit und wir werden sie lange vor Einbruch der Dunkelheit erreichen.« Hörg sah, wie sich Wolfis Miene nach diesem Vorschlag aufhellte, verzichtete aber darauf, den Knaben aufzuziehen. Im Moment hatten sie andere Probleme.

21

»Warum kommt ihr denn zurück?«, fragte der Wirt, als die Reisenden ihr Daxi auf seinem Hof abstellten.

»Das erklären wir dir im Haus«, sagte Hörg und deutete auf Norbert. »Dank unserer Labertasche sind wir erst gar nicht in die Stadt hineingekommen.«

»Gut. Gehen wir in den Schankraum, dort können wir alles besprechen.«

»Ich bringe Karla in den Stall«, sagte Wolfi und schaute sich verlegen um. »Sie wird nach dem langen Weg müde sein.«

»Mach das«, sagte Hörg grinsend. Ihm war klar, warum der Knabe sich so schnell aus dem Staub machen wollte. Er hoffte darauf, dass ihm Lisa dabei helfen würde, das Daxi zu versorgen, damit er danach Zeit hatte, sich mit dem jungen Weibchen zu beschäftigen. Sollte er ruhig. Der Missionar hielt es für wichtig, dass ein Lemming bei Zeiten damit begann, sich für das andere Geschlecht zu interessieren. Er selbst folgte dem Wirt mit Henni und Norbert ins Innere der

Herberge.

»Und was machen wir jetzt?«, fragte Henni, nachdem sie Jochen alles berichtet und einen kräftigen Schluck Bier getrunken hatten, welches Lisa den Gästen ihres Vaters serviert hatte. Auch dem jungen Weibchen sah man an, dass es Wolfi suchte. Sie traute sich allerdings nicht, nach ihm zu fragen.

»Wir müssen irgendwie an Sören vorbeikommen und in den Palast des Statthalters gelangen«, antwortete Hörg.

»Das ist mir auch klar. Wie willst du das aber anstellen?«

»Eine Möglichkeit wäre, Knut zu überreden, uns einen Tunnel zu graben. Das dauert allerdings recht lange und ich bin mir nicht sicher, dass der Maulwurf überhaupt dazu bereit wäre.«

»Wir haben nicht wirklich etwas, das wir ihm für diesen Dienst anbieten können«, stimmte Henni zu.

»Also scheidet diese Möglichkeit aus. Vielleicht können wir einen Panzer um Karla und den Wagen bauen. So hätten wir einen Schutz gegen Sörens Geschosse.«

»So kämen wir zwar näher an die Stadt heran, aber nicht hinein«, gab Henni zu bedenken. »Die Wachen würden an das Daxi herankommen und uns überwältigen.«

»Dann kämpfen wir eben gegen sie«, sagte Norbert, der bis dahin schweigend am Tisch gesessen und auf den Boden gestarrt hatte. Ihm war anzusehen, wie unwohl er sich in seiner Haut fühlte. Schließlich war es seine Schuld, dass den Missionaren der Zutritt in die Stadt verwehrt worden war.

»Wir werden keine Chance haben«, widersprach Henni. »Sören wird sicher mehr als nur die beiden Wachen mobilisieren können, die heute bei ihm waren.«

»Dann setzen wir das Stinktier gegen sie ein«, sagte Hörg.

»Der Gestank würde allerdings auch uns selbst außer Gefecht setzen.«

»Wolfi würde so aber bis zum Palast kommen.«

»Das hilft uns nicht weiter«, sagte Henni. »Ich glaube nicht, dass man den Knaben bis zum Regenten vorlassen würde.«

»Für dieses Problem wird uns auch noch eine Lösung einfallen«, sagte Hörg zuversichtlich und wandte sich an den Wirt. »Kannst du uns Werkzeug und Holz zur Verfügung stellen, damit wir einen Panzer für unser Fahrzeug bauen können? Wir bezahlen selbstverständlich dafür.«

»Natürlich werde ich euch helfen. Ihr könnt euch aus meinem Lager nehmen, was ihr braucht.«

»Dann wäre das schon einmal geklärt. Morgen beginnen wir mit dem Umbau. Bis dahin können wir nicht mehr viel machen.«

»Kann ich euch noch etwas bringen?«, fragte Lisa, die während der ganzen Zeit an der Theke gewartet hatte und unruhig von einem Bein auf das andere getreten war.

»Nein«, sagte ihr Vater. »Du kannst schon schlafen gehen, ich kümmere mich um alles Weitere.«

Hörg war sich sicher, dass das Weibchen alles andere als müde war. So, wie der Wirt seine Tochter angrinste, wusste auch der, was die Kleine im Schilde führte. Er füllte seinen Gästen noch einmal die Bierkrüge auf und sagte ihnen dann, dass sie dieselben Zimmer wie am Tag zuvor benutzen konnten. Dann zog auch er sich zurück.

In der folgenden Nacht konnte Hörg keinen Schlaf finden. Während Henni neben ihm lautstark schnarchte, dachte er darüber nach, wie sie Karla gegen Sörens Männchen einsetzen konnten, ohne selbst dem fürchterlichen Gestank ausgesetzt zu sein. So sehr er sich aber den Kopf zerbrach, eine Lösung für dieses Problem fand er nicht.

Irgendwann war die Müdigkeit dann doch stärker und auch Hörg fiel in einen unruhigen Schlaf. Mitten in der Nacht wachte er auf und wusste plötzlich, wie sie sich vor Karlas Gaswolke schützen konnten. Er überlegte kurz, ob er seinen Bruder wecken sollte, ließ es dann aber bleiben. Jetzt, wo er sich nicht mehr den Kopf zermartern musste, fiel er schnell in einen tiefen, traumlosen Schlaf.

»Wir bauen uns einen Helm«, sagte Hörg am nächsten Morgen zu seinem Bruder, als er kurz mit ihm allein war.

»Wie willst du das denn machen?«

»Ganz einfach. Wir haben doch noch die Finger von diesem komischen Handschuh. Wenn wir diese mit Luft füllen und sie uns dann über den Kopf stülpen, können wir atmen, ohne etwas von Karlas Gestank mitzubekommen.«

»Und du denkst, dass das funktioniert?« Henni sah seinen Bruder skeptisch an.

»Warum nicht?«, gab der zurück. »Wir müssen es ja nicht lange unter den Dingern aushalten. Wenn wir durch das Tor hindurch sind, können wir sie wieder abziehen und laufen zum Palast. Wolfi lassen wir mit dem Daxi zurück. Er soll Karla einfach eine weitere Ladung abgeben lassen, wenn die Wachen uns folgen wollen.«

»Das könnte tatsächlich klappen«, sagte Henni nach

kurzem Zögern. »Warum bin ich nicht selbst auf die Idee gekommen?«

»Weil du die ganze Nacht tief und fest geschlafen hast«, antwortete Hörg lachend.

Die beiden gingen in den Stall, um Wolfi davon zu berichten, dass sie einen Panzer für Karla bauen wollten. Norbert war bereits mit dem Wirt unterwegs und sollte Holz dafür holen. Hörg hatte erwartet, Lisa bei ihrem Gehilfen zu finden, doch die hatte sich bereits aus dem Staub gemacht. Wolfi schlief noch und schaute seine Arbeitgeber verwirrt an, als diese ihn weckten.

»Warum bist du denn nicht mehr in den Schankraum gekommen?«, fragte Henni scheinheilig und sah den Knaben gespielt vorwurfsvoll an.

»Ja«, schlug Hörg in die gleiche Kerbe. »Du hättest doch nicht allein im kalten Stall schlafen müssen. In Norberts Zimmer war noch ein Lager frei.«

»Da würde ich ja lieber im Freien schlafen«, sagte Wolfi und schüttelte sich.

»Das hätte aber Lisa nicht gefallen, fürchte ich. Weibchen frieren in der Regel schneller.«

»Sei nicht so gemein und lass dem Kleinen seinen Spaß«, schalt Hörg seinen Bruder und zwinkerte ihm zu. »Schließlich waren wir auch einmal jung.«

Die Missionare hätten sich noch weiter über ihren Gehilfen amüsiert, wenn nicht in diesem Augenblick Norbert mit Lisas Vater in den Stall gekommen wäre.

»Wir haben auf dem Hof eine Menge Holz bereit gelegt«, sagte der Wirt. »Das sollte genügen, um euch und das Daxi ausreichend zu schützen.«

»Wir danken dir«, sagte Henni erfreut und ging nach draußen.

Henni, Hörg, Norbert und Wolfi verbrachten fast den

ganzen Tag damit, die Kanthölzer zuzuschneiden, daraus ein Gerüst zu bauen und so mit Brettern zu vernageln, dass lediglich ein kleiner Sichtschlitz frei blieb. Dann knoteten sie Seile zusammen, mit denen sie das Gerüst um Karlas Bauch binden wollten.

Es dämmerte bereits, als sie endlich mit ihrer Arbeit fertig waren. Dies bedeutete eine weitere Nacht in der Herberge.

22

Am nächsten Morgen kam Wolfi zu Henni und zog ihn beiseite.

»Kann ich dich etwas fragen?«

»Ja, klar. Was ist denn los?«

»Hast du etwas dagegen, wenn ich hier in der Herberge bleibe und nicht mit nach Alpha komme.«

Henni sah den Knaben überrascht an. »Es ist wegen Lisa, richtig?«

»Ja.«

»Wenn wir es schaffen wollen, zum Palast des Regenten zu kommen, brauchen wir deine Hilfe. Keiner kann so gut mit unserem Stinktier umgehen wie du.«

»Ich könnte ja zunächst mitkommen und dann hierher zurückkehren, wenn ihr in der Stadt seid.«

»Pass auf, Wolfi. Ich kann ja verstehen, dass du jetzt denkst, nicht mehr ohne die Kleine leben zu können. Ich kann dir aber versichern, dass du es hier nicht lange aushalten würdest. Ein junger Lemming muss Erfahrungen sammeln und sollte sich nicht gleich an das erste Weibchen binden, mit dem er sich paart.«

»Ich bin mir aber sicher, dass Lisa die Richtige ist.«

»Du hattest ein paar schöne Erfahrungen mit ihr, von denen du vorher nicht einmal etwas geahnt hast. Du hast aber nicht den Vergleich mit einer anderen. Du kennst nur Lisa.«

»Ich will keine andere.«

»Wenn das wirklich so ist, mache ich dir einen Vorschlag.«

»Welchen?«

»Du begleitest uns bis zum Ende unserer Mission. Wenn wir auf dem Rückweg nach Omega sind und du immer noch der Meinung bist, dass du mit Lisa zusammenleben willst, kannst du mit dem Lohn, den du von Hörg und mir bekommst, hierher zurückkehren. Damit hast du ein Startkapital, mit dem du eine Familie gründen kannst. Jetzt fürchte ich, dass Lisas Vater dich fortschicken wird, weil du seiner Tochter nichts zu bieten hast.«

»Meinst du wirklich?«

»Ja. Du kannst froh sein, dass er dich bisher nicht verjagt hat. Blind ist er ja nicht. Er wird aber keinen mittellosen Halbwüchsigen als Partner seiner Tochter akzeptieren.«

»Es kann ihm doch nicht nur ums Geld gehen.«

»Indirekt schon. Er will, dass seine Tochter glücklich wird. Also? Bist du einverstanden?«

Wolfi schaute Henni ernst an und nickte dann.

»Gut. Dann lass uns jetzt Karla fertigmachen. Ich bin gespannt, ob Hörgs Plan funktioniert und wir es wirklich an den Wachen vorbei in die Stadt schaffen.«

Das Daxi kam durch die größere Last wesentlich langsamer voran als gewohnt. Weil die Reisenden dem Stinktier zwischendurch kleine Verschnaufpausen gönnen mussten, brauchten sie für den Weg nach Alpha doppelt so lange wie am Vortag.

Als sie endlich vor sich die ersten Häuser sahen,

befahl Hörg Wolfi das Daxi anzuhalten. »Wir müssen die Vorbereitungen abschließen, bevor wieder auf uns geschossen wird.« Er kletterte von der Sitzbank und nahm drei der Handschuhfinger vom Wagen. Damit sich der Gummi nicht vor ihrem Gesicht zuziehen konnte, hatten sie Gestelle aus Draht angefertigt, welche die Hauben stabilisieren sollten. Er reichte Norbert und seinem Bruder je einen der selbstgebauten Helme und zog seinen eigenen über den Kopf.

Henni begann sofort loszulachen, als er Hörg mit der ungewöhnlichen Kopfbedeckung sah, und wollte sich gar nicht mehr einkriegen. »Du siehst zu bescheuert aus.«

»Das ist doch egal«, brummte Hörg. »Wichtig ist doch nur, dass es funktioniert und nichts von Karlas Gasen durch die Folie dringt.«

Henni hörte abrupt auf zu lachen und schlug sich mit der flachen Hand gegen die Stirn. »Wenn nichts herein kommt, kommt auch nichts hinaus. Richtig?«

»Das ist der Sinn der Sache«, sagte Hörg nickend.

»Ich habe eine geniale Idee.«

»Was ist denn jetzt?«, fragte Hörg verwirrt.

»Wenn wir eine kleinere Version dieser Gummis über das männliche Geschlechtsteil stülpen, kann bei der Paarung kein Samen mehr in ein Weibchen eindringen und es wird nicht trächtig.«

»Was willst du machen?«

»Natürlich müssen wir den Draht weglassen.«

Hörg schaute seinen Bruder an, als käme er von einem anderen Stern. »Die Idee an sich ist brillant«, sagte er dann. »Wir haben aber bereits ein Verhütungsmittel.«

»Schon. Für Weibchen wie Helga wäre ein solches Gummi aber die perfekte Lösung.«

»Blöd ist nur, dass man die Dinger nur ein einziges Mal benutzen könnte und die Herstellung mit Sicherheit aufwendig ist.« Hörg verkniff sich die Bemerkung, dass es außer bei Hennis Gespielin noch nie Nebenwirkungen bei ihrem Wundermittel gegeben hatte. Er musste zugeben, dass sie mit seiner Idee eine gute Alternative gefunden hatten. Ob sich die Produktion dieser Gummis aber lohnen würde, musste sich noch herausstellen.

»Die Herstellungskosten würden sich natürlich auf den Preis auswirken«, gab Henni zu. »Dennoch glaube ich, dass ein Weibchen bereit wäre, diesen zu zahlen. Wir sollten auf jeden Fall ein paar Tests machen, wenn wir wieder zu Hause sind.«

»Einverstanden«, stimmte Hörg seinem Bruder zu. »Jetzt müssen wir aber erst einmal schauen, dass wir an Sören vorbei in den Palast kommen.«

Henni nickte nur und zog sich die Haube über den Kopf. Wolfi saß gespannt auf der Sitzbank und wartete darauf, dass auch die Missionare endlich wieder neben ihm Platz nahmen. Auch Norbert durfte dieses Mal mit auf den Wagen, damit auch er vor Geschossen geschützt war. Als alle mehr oder weniger sicher auf der Bank saßen, nahm die Gruppe den restlichen Weg nach Alpha in Angriff.

Es dauerte nicht lange, bis die ersten Bolzen auf das Daxi zuflogen. Zur Freude der vier Lemminge hielt der Panzer diese aber ab und schützte sie vor dem Angriff der Wachleute. Ihre wütenden Schreie zeigten den Missionaren, dass ihre Gegner nicht wussten, wie sie mit der Situation umgehen sollten. Erst als der Wagen die Stadt fast erreicht hatte, kam Sören mit seiner Gruppe auf ihn zugerannt.

»Noch nicht«, flüsterte Hörg Wolfi zu und hielt ihn am

Oberarm fest. Er wollte warten, bis die Angreifer den Wagen wirklich eingeholt hatten und die volle Ladung von Karlas Wolke abbekommen würden.

»Jetzt«, brüllte Hörg, als die erste Wache den Wagen erreichte, und versuchte Norbert herunterzuziehen.

Wolfi spannte die Zügel, Karla blieb stehen und hob im gleichen Moment den Schwanz an. Sören, der sich jetzt ebenfalls direkt neben dem Wagen aufhielt, sah das Daxi irritiert an. Dann wurde er von der übelriechenden grünen Wolke eingehüllt.

»Lauf weiter«, rief Wolfi und Karla gab Gas.

Hörg konnte sehen, wie der Sohn des Regenten mit seinen Helfern zurückblieb. Die Angreifer lagen auf dem Boden, krümmten sich und hielten sich sichtlich verzweifelt die Nasen zu. Nachdem sie die ersten Häuser passiert hatten, hielt der Daxiführer sein Gefährt an. Norbert und die beiden Missionare sprangen vom Wagen, warfen ihre Helme auf die Ladefläche und rannten in Richtung Stadtmitte.

23

Henni und Hörg stießen die beiden Wachleute vor der Eingangstür des Palastes einfach zur Seite und drangen ins Innere des Gebäudes ein. Selbst wenn Sören und seine Leute inzwischen die Verfolgung aufgenommen hatten, würden sie es nicht mehr schaffen, sie aufzuhalten. Norbert sollte draußen Wache schieben und die Brüder sofort informieren, wenn sich etwas tat.

Korbinian schaute überrascht auf und ließ die Hand mit den Weintrauben, die er sich gerade in den Mund stecken wollte, sinken. »Was wollte ihr denn hier?« Der Regent machte sich nicht die Mühe aufzustehen, um seine Gäste zu begrüßen, und ließ sich auch sonst nicht aus der Ruhe bringen. Er blieb auf seinem Lager liegen und genoss weiterhin die Massage eines Weibchens, das hinter ihm stand.

»Wir sind auf der Flucht vor deinem missratenen Sohn«, sagte Hörg.

»Was hat Sören denn nun wieder angestellt?«, fragte Korbinian sichtlich gelangweilt. Der Besuch der beiden Missionare schien ihn nicht sonderlich zu interessieren und er versuchte auch nicht, das zu verbergen.

»Vielleicht hat Sören doch nicht ganz unrecht«, flüsterte Hörg seinem Bruder zu.

»Wir sind königliche Berater aus Omega«, sagte Henni mit scharfer Stimme. »Du solltest besser zuhören, was wir dir zu berichten haben.«

»So wichtig kann es nicht sein«, entgegnete der Statthalter. »In einer Woche breche ich zum Schicksalsberg auf. Dann spielt für mich ohnehin nichts mehr eine Rolle.«

»Das ist einer der Punkte, über die wir mit dir reden wollen«, erklärte Henni. »Es gibt kein gelobtes Land.«

»Was sagst du da?« Jetzt schien sich Korbinian doch für das Anliegen seiner Besucher zu interessieren. Er setzte sich auf und gab dem Weibchen hinter sich ein Zeichen, dass sie verschwinden sollte.

»In den letzten Wochen hat sich in Omega sehr viel verändert«, sagte Hörg. Er erzählte dem Statthalter von Hilmer, den VHL und der großen Lüge, mit der Helmut sein Volk hintergangen hatte. Korbinian hörte aufmerksam zu und unterbrach den Missionar nicht. Erst nachdem Hörg seinen Bericht beendet hatte, holte er tief Luft und bot seinen Besuchern endlich einen Sitzplatz an.

»Es freut mich zu hören, dass ich die Reise zum

Schicksalsberg nicht antreten muss«, sagte er dann zur Überraschung der beiden Brüder, die damit gerechnet hatten, dass Korbinian - wie die meisten Lemminge - jammern und die neuen Lehren bezweifeln würde. »Die Idee, mich nur wegen einer unsinnigen Legende in den Tod zu stürzen, hat mir nie gefallen. Ich befürchte nur, dass die Bürger der Stadt diese Neuigkeit nicht so gut aufnehmen werden wie ich.«

»Davon müssen wir ausgehen«, sagte Hörg. »Auch in Beta gab es zunächst ein großes Geheul. Schließlich haben wir die Lemminge dort aber überzeugen können.«

»Ich werde euch bei eurer Mission so gut unterstützen, wie ich es vermag«, sagte Korbinian.

»Das freut uns zu hören. Dein Kollege aus Beta war leider nicht so kooperativ. Jetzt sitzt er im Kerker des königlichen Palastes.« Hörg freute sich, dass Sörens Vater wesentlich vernünftiger war als Siggi. Auch wenn der erste Eindruck von dem stark übergewichtigen Männchen eher negativ gewesen war, musste der Missionar seine Meinung nun zumindest teilweise revidieren.

»Was war das jetzt mit Sören?«

»Dein Spross wollte uns nicht in die Stadt lassen«, antwortete Henni ärgerlich. »Du solltest mehr als nur ein ernstes Wort mit ihm reden. Einer der Lemminge aus Beta hat ihm vor unserer Ankunft hier von den Veränderungen in unserem Volk erzählt. Dieses Wissen wollte dein Sohn für sich ausnutzen. Er hat uns an der Stadtgrenze zusammen mit bewaffneten Wachen aufgehalten und aufgefordert zu warten, bis du zum Schicksalsberg aufgebrochen bist, und erst danach die Bürger zu informieren.«

»Ich denke, es ist klar, was Sören damit bezweckt«,

sagte Hörg.

»Er will mich opfern, um an mein Amt zu gelangen.« Korbinian wurde blass.

»So sieht es aus«, bestätigte Hörg.

»Dabei habe ich versucht, ihm alles beizubringen, was ich weiß, damit er ein guter Regent werden kann. Seit seine Mutter zum Schicksalsberg aufgebrochen ist, habe ich ihm jeden Wunsch erfüllt. Ich hätte niemals gedacht, dass er mich derartig hintergehen würde.«

»Wenn es um Macht geht, hört die Freundschaft schnell auf«, sagte Henni.

»Ich bin sein Vater.«

»Auch das reicht nicht immer, um sich der Loyalität eines aufstrebenden, jungen Lemmings sicher sein zu können. Unser Volk hat nun einmal ein sehr offenes Verhältnis zum Tod.«

»Wir bringen uns aber nicht gegenseitig um«, sagte Korbinian und schaute Henni niedergeschlagen an.

»Nach dieser Aktion kommt er als dein Nachfolger nicht mehr in Frage. Auch nicht in vielen Jahren, wenn du eines natürlichen Todes gestorben sein wirst.« Hörg betrachtete den Statthalter skeptisch und dachte daran, dass er wohl nicht mehr sehr lange leben würde, wenn er seinen Lebenswandel nicht änderte.

»Ich werde ihn aus Alpha verbannen«, beschloss Korbinian. »Eigentlich gehört er für seine Tat in den Kerker. Er ist aber immer noch mein Sohn und soll die Chance bekommen, in einer anderen Stadt neu anzufangen.«

»Das ist deine Entscheidung«, sagte Hörg. »Zunächst einmal müssen wir ihn allerdings zu fassen kriegen. Ich weiß nicht, ob die Wachen jetzt, wo sein Plan gescheitert ist, noch auf seiner Seite stehen. Wenn sie es tun, ist die Sache noch nicht ausgestanden.«

»Dem Bürschchen werde ich zeigen, wer hier das Sagen hat.«

Mit einer Geschwindigkeit, die Henni und Hörg ihm niemals zugetraut hätten, sprang Korbinian auf, rannte zur Tür und brüllte seinem ersten Wachmann zu, dass er sofort zu ihm kommen sollte. Es dauerte nur wenige Sekunden, bis das Männchen im Audienzsaal stand.

»Schaff mir Sören und deine komplette Mannschaft hierher! Und zwar sofort!«

Der Wächter fragte erst gar nicht, was los war, und eilte los, um den Befehl seines Chefs auszuführen.

»Jetzt werden wir ja sehen, welche meiner Untertanen mir treu ergeben sind und welche nicht.«

»Die Strafen für die Verräter müssen hart ausfallen, wenn du auch künftig von den Bürgern der Stadt ernst genommen werden willst«, sagte Henni.

»Darauf kannst du Gift nehmen.«

Es dauerte nicht lange, bis vom Flur lautes Geschrei in das Audienzzimmer drang. Der befehlshabende Wachmann trat als Erster in den Raum. Zwei seiner Kollegen zerrten Sören an den Armen hinterher, während der Rest der Mannschaft sich gegenseitig zu bewachen schien. Es war nicht genau festzustellen, wer von ihnen zu den Verrätern gehörte und wer nicht.

»Kennst du die beiden Männchen?«, fragte Korbinian seinen Sohn und deutete auf Henni und Hörg. »Sie erheben schwere Vorwürfe gegen dich.«

»Kannst du mir mal erklären, was hier los ist? Warum werde ich wie ein Verbrecher behandelt und hierher geschleift? Die Kerle habe ich noch nie gesehen.«

»Du bist ein elender Lügner. Die beiden sind königliche Berater und kamen hierher, um mich über wichtige Neuerungen in den Gesetzen unseres Volkes zu informieren. Du hast versucht, sie mit Waffengewalt daran zu hindern, in die Stadt einzureisen.«

»Das ist nicht wahr.«

»Doch das ist es«, sagte eines der Wachmännchen. »Ich war selbst dabei und habe gesehen, wie mit Armbrustbolzen auf den Wagen der Gruppe geschossen wurde.«

»Halt du dich da raus, Walter!«, blaffte Sören den Sprecher an und wollte auf ihn losgehen. Die beiden Wachen hielten ihn jedoch eisern fest, sodass er keine Chance hatte, sich zu befreien.

»Rede!«, befahl Korbinian und sah Walter auffordernd an.

»Sören hat erzählt, dass der Frieden in der Stadt durch die Fremden bedroht sei. Wir wollten mit Korbinian beraten, wie wir der Bedrohung begegnen könnten, aber das wollte Sören nicht. Er hat damit gedroht, uns alle zu entlassen, wenn er dein Amt übernommen hat. Wir wussten nicht, wer die beiden sind, und hatten lediglich den Auftrag, sie aufzuhalten.«

»Sören wird mit sofortiger Wirkung aus der Stadt verbannt«, sagte Korbinian mit scharfer Stimme. »Es steht jedem von euch frei, ihn zu begleiten. Von denen, die weiterhin in meinen Diensten stehen wollen, erwarte ich allerdings ab sofort uneingeschränkten Gehorsam. Ihr alle steht unter strenger Überwachung und werdet beim kleinsten Vergehen ebenfalls aus der Stadt verwiesen.«

»Das kannst du nicht machen!«, schrie Sören völlig außer sich. »Ich bin dein Sohn!«

»Das warst du einmal! Mit deinem Verhalten hast du mir gezeigt, wie wenig dir deine Familie wert ist. Ich gebe dir zwei Stunden Zeit zu verschwinden. Danach wird jeder Wachmann auf dich schießen, der dich in dieser Stadt sieht.«

Henni und Hörg mussten anerkennen, dass der Statthalter die Situation absolut im Griff hatte. Keiner seiner Wachleute würde es jetzt noch wagen, sich gegen ihn aufzulehnen. Dennoch wäre es den beiden lieber gewesen, wenn Korbinian seinen Sohn zumindest bis zum Ende der Volksversammlung, die sie auch hier unbedingt abhalten mussten, eingesperrt hätte. Jetzt bestand die Gefahr, dass er ihre Mission weiterhin gefährdete.

»Vor dem Palast stehen ein Fremder und ein Knabe bei einem Stinktier, das aussieht, als würde es seinen eigenen Stall mit sich herumtragen«, sagte der erste Wachmann.

»Die gehören zu uns«, erklärte Henni. »Lasst sie in Ruhe. Wir werden uns um die beiden kümmern, sobald wir hier fertig sind. Ich muss euch außerdem bitten, über die Vorfälle des heutigen Tages absolutes Stillschweigen zu bewahren. Morgen soll auf dem Platz vor dem Palast eine Volksversammlung stattfinden. Dort werden mein Bruder und ich alles Wichtige erläutern. Bis dahin müssen wir verhindern, dass sich irgendwelche Gerüchte wie ein Lauffeuer in der Stadt verbreiten.«

»Wie ihr sicher mitbekommen habt, gehören die Massenselbstmorde unseres Volkes inzwischen der Vergangenheit an«, übernahm Hörg das Wort. Ein paar der Männchen schauten ihn entsetzt an, die meisten schienen aber bereits Bescheid zu wissen. »Auch wenn euch das zunächst schwerfallen wird, müsst ihr diese Tatsache akzeptieren. Wenn diese Nachricht unkommentiert zu den Bürgern der Stadt durchdringt, kann es zu einem Aufstand kommen. Das müssen wir unbedingt verhindern. Ihr müsst mir versprechen, bis morgen keinem anderen Lemming etwas zu verraten. Solange Sören noch in der Stadt ist, darf er niemals allein gelassen werden. Auf keinen Fall darf er Kontakt zu einem anderen Lemming haben. Wenn er sich nicht fügt, steckt ihn für ein paar Tage in den Kerker.«

Die Wachleute nickten nur und schauten betreten zu Boden. Nicht wenige unter ihnen hatten Tränen in den Augen. Insgesamt war Hörg aber überrascht, wie gut sie die für sie im ersten Moment sicher schreckliche Wahrheit verkrafteten.

Korbinian wartete, bis er mit den Missionaren allein im Raum war und die Tür verschlossen wurde. Dann setzte er sich auf seine Liege und verbarg das Gesicht in seinen Pfoten. Henni und Hörg ließen den Regenten einen Augenblick in Ruhe. Es war sicher nicht leicht, von seinem eigenen Fleisch und Blut so gemein hintergangen zu werden. Gegenüber seinen Untergebenen hatte sich der Statthalter gut in der Gewalt gehabt. Jetzt brauchte er verständlicherweise einen Moment, um sich zu sammeln. Von den Kaubonbons wollten sie dem Regenten am nächsten Tag erzählen. Sicher würde das seine Laune wieder etwas verbessern.

»Wir werden dich jetzt allein lassen und uns um unsere Freunde kümmern«, sagte Henni nach einer Weile. »Sicher warten die schon neugierig auf Nachricht. Gibt es in der Nähe eine Herberge, in der wir unterkommen können.«

»Ihr wohnt selbstverständlich im Palast«, entgegnete Korbinian. »Nach allem, was ihr für mich getan habt, würde ich meine eigenen Räume hergeben, um euch eine standesgemäße Unterkunft bieten zu können. Erfreulicherweise ist das aber nicht notwendig. Wir haben hier Platz genug. Ich werde sofort alles Nötige veranlassen.«

24

Am nächsten Morgen war es überraschend ruhig in den Straßen der Stadt. Wie es aussah, hatten die Wachmännchen des Regenten es geschafft, die Ereignisse des Tages vor den Bürgern geheim zu halten. Henni und Hörg wurden zwar neugierig und teilweise auch misstrauisch beäugt, aber das lag vermutlich nur daran, dass sie fremd in der Stadt waren.

Wolfi und Norbert waren ebenfalls im Palast untergekommen. Der Koch hatte ihnen ein Zimmer beim Personal zugewiesen. Die beiden hatten den letzten Abend genutzt, Karla von ihrem Panzer zu befreien, und das Holz fein säuberlich auf einem großen Haufen aufgeschichtet. Jetzt war der Wagen bereit, als Verkaufsstand für die Kaubonbons zu dienen. Wie auch in Beta stellte der Daxiführer sein Gefährt auf dem Marktplatz neben der Bühne ab. Von dort aus konnte Karla eingreifen, wenn es sein musste, und die Missionare kamen gut an ihre Ware heran.

Als Henni und Hörg durch die Straßen schlenderten, hörten sie, dass die für den Nachmittag einberufene Versammlung das vorrangige Thema des Tages war. Die Bürger fragten sich, was ihnen ihr Regent Wichtiges mitteilen wollte. Einige vermuteten, dass Korbinian lediglich vorhatte, sich von allen zu verabschieden, bevor er zum Schicksalsberg aufbrach. Es wurde diskutiert, ob Sören ein ebenso guter Statthalter werden würde wie sein Vater. Die einhellige Meinung war allerdings, dass ihm dies wohl nicht gelingen konnte. Offenbar war Korbinian sehr beliebt bei seinem Volk und wurde trotz seiner ausschweifenden Lebensweise von den Bürgern der Stadt geschätzt.

Sören sahen die Missionare hingegen nicht. Er schien sich mit seinem Schicksal abgefunden zu haben und blieb verschwunden. Zwei der Wachleute waren ihm offenbar treu ergeben und in die Verbannung gefolgt. Hörg hatte ein ungutes Gefühl bei der Sache und befürchtete, dass sie es noch einmal mit Korbinians Sohn zu tun bekommen würden.

Der Regent selbst schien den ersten großen Schock über das Verhalten seines Nachkommen überwunden zu haben. Als die Brüder zum Marktplatz kamen, stand Korbinian dort wie ein Feldherr und leitete die Arbeiten zum Aufbau der Bühne. Dieses Mal hatten Henni und Hörg darauf bestanden, ein Geländer bauen zu lassen, um sich vor protestierenden Lemmingen schützen zu können.

Die Stunde der Versammlung rückte näher.

Henni und Hörg sprachen noch kurz mit Korbinian über den Ablauf. Den Regenten der Stadt auf ihrer Seite zu haben, war ein sehr großer Vorteil für die Missionare. Das Volk kannte ihn und er konnte die königlichen Berater vorstellen, bevor sie selbst das Wort an das Volk richteten.

Eine Stunde vor der Versammlung kamen die ersten Bürger auf den Platz vor dem Palast. Korbinian führte die Missionare in den Audienzsaal, wo sie die Zwischenzeit verbringen konnten, ohne vorab Fragen beantworten zu müssen. Dem Regenten war die Nervosität deutlich anzusehen. Der Schweiß stand ihm auf der Stirn und er rutschte unruhig auf seiner Liege hin und her.

Als es endlich so weit war, atmete der Statthalter tief

durch und trat dann vor Henni und Hörg auf das Podest. Norbert und Wolfi saßen auf dem Wagen und beobachteten die Massen auf dem Platz.

»Wir haben uns heute hier versammelt, weil wir euch ein paar wichtige Neuigkeiten mitteilen müssen, die alle Lemminge betreffen«, sagte Korbinian mit kräftiger Stimme. Dann deutete er auf die beiden Missionare. »Henni und Hörg sind Berater des Königs. Sie sind aus der Hauptstadt zu uns gekommen, um uns zu berichten, was sich dort in den letzten Tagen und Wochen ereignet hat.«

Die Bürger auf dem Platz schienen zu spüren, dass diese Versammlung größere Einschnitte in ihr Leben mit sich bringen würde, als sie zunächst erwartet hatten. Die Lemminge diskutierten leise miteinander und schauten die Missionare neugierig an.

Korbinian trat zurück und Hörg übernahm das Wort. Wie bereits bei der Versammlung in Beta war das Geheul groß, als der Missionar die Lüge vom gelobten Land aufklärte. Wieder wollten die anwesenden Lemminge die Worte des königlichen Beraters zunächst nicht glauben. Da aber ihr Statthalter bestätigte, dass mit König Hilmer die alten Lehren des Volkes zurückgekehrt waren, nahmen sie dies als Tatsache hin, ohne dass es zu einem Aufstand kam.

Als dann Henni für das Verhütungsmittel warb, waren es wieder die Weibchen, die das größere Interesse zeigten. Schnell war die Hälfte der Wagenladung verkauft. Ein großer Erfolg, wenn man bedachte, dass Alpha sehr viel kleiner als Beta war.

Nachdem sich die Versammlung aufgelöst hatte, trafen sich Korbinian und die Missionare zufrieden im Audienzsaal. Henni und Hörg nahmen die Einladung, noch ein paar Tage im Palast zu bleiben, gerne an, auch wenn sie den Regenten sicher nicht bei seinen Amtsgeschäften unterstützen mussten.

Er ließ es sich nicht nehmen, seine Gäste mit den erlesensten Speisen und Getränken zu verwöhnen. Um es ihnen so gemütlich wie möglich zu machen, hatte er außerdem zwei weitere Liegen in den Raum bringen lassen. Es standen drei Weibchen bereit, um den Statthalter und seinen Besuchern jeden Wunsch von den Augen abzulesen.

Die königlichen Berater genossen den angebotenen Luxus und ließen es sich gut gehen. Tatsächlich bedauerten sie es, nicht länger als noch zwei Tage in Alpha bleiben zu können, wussten aber, dass sie ihre Mission nicht zu weit aufschieben durften. Mit jedem Tag wurde die Wahrscheinlichkeit größer, dass man auch in Gamma bereits vor ihrem Eintreffen von den Entwicklungen am Schicksalsberg hörte.

»Wie bist du eigentlich zu deinem ungewöhnlichen Namen gekommen«, fragte Hörg den Regenten, als sie bequem beisammen lagen und aßen.

»Das war eine Laune meiner Mutter. Sie wollte Vater eigentlich einen Korb geben, hat sich dann aber doch mit ihm gepaart. Der hat sie dann trächtig sitzen lassen, als er von den Folgen des Liebesaktes erfuhr. Mein Name sollte sie künftig daran erinnern, mit der Auswahl ihrer Verehrer vorsichtiger zu sein.«

Henni und Hörg prusteten los. Auch wenn es natürlich nicht sehr höflich war, ihren Gastgeber auszulachen, konnten sie einfach nicht anders. Er schien ihnen das aber nicht übel zu nehmen und musste nach seiner Erklärung selbst grinsen. Nach einer Weile kam der Statthalter auf seinen Sohn zu sprechen.

»Ich bin wirklich sehr enttäuscht von Sören. Nachdem

meine Mutter nie einen Hehl daraus gemacht hatte, dass ich als Welpe alles andere als willkommen war, wollte ich ihm ein guter Vater sein. Jetzt hätte er mich eiskalt über den Schicksalsberg gehen lassen, nur um an mein Amt zu gelangen. Und ich habe ihn auch noch auf diese Aufgabe vorbereitet.«

»Du musst dir da nichts vorwerfen«, sagte Henni. »Sören hat einen großen Fehler gemacht, den er sicher bitter bereuen wird. Mich überrascht, dass er Norbert überhaupt geglaubt hat, als der ihm von der Abschaffung der Selbstmorde erzählt hat. Da sah er seine Felle davon schwimmen.«

»Willst du ihn etwa in Schutz nehmen?«

»Nein! Es gibt keine Entschuldigung für sein Verhalten, ich denke aber nicht, dass deine Erziehung daran schuld war.«

»Es wird eine Weile dauern, bis ich darüber hinweg bin. Das gebe ich zu. Mein geliebtes Weibchen ist seit drei Monaten tot. Jetzt bin ich allein.«

Hörg betrachtete den Regenten einen Moment schweigend. Er sah nicht so aus, als würde er unter der Einsamkeit leiden, sondern das Leben im Palast genießen. Die hübschen Weibchen, mit denen er sich umgab, waren sicher nicht nur für das Essen zuständig. Es war aber gut möglich, dass er mit dem ganzen Gehabe nur von seinen wahren Gefühlen ablenken wollte. Hörg durfte den Regenten der Stadt nicht voreilig verurteilen. Helmuts Verhalten war um ein Vielfaches schlimmer gewesen. Immerhin schien sich Korbinian sehr für das Wohl seiner Bürger einzusetzen.

»Wir werden Hilmer berichten, dass du die Situation hier in der Stadt voll im Griff hast«, sagte Hörg schließlich. »Du wirst in der nächsten Zeit einiges zu tun haben. Neue Wohnräume sind zu schaffen und die Lemminge brauchen eine Beschäftigung. Bisher hat die Vorbereitung auf den Tod ihr Leben bestimmt. Das ist jetzt vorbei.«

»Du hast recht«, sagte Korbinian. »Es wartet eine Menge Arbeit auf mich. Heute werde ich aber nicht mehr damit anfangen. Jetzt sollten wir uns den angenehmeren Dingen des Lebens widmen. Es ist spät. Die geschäftlichen Dinge können bis morgen warten.«

Der Statthalter klatschte zweimal hintereinander schnell in die Pfoten. Sofort begannen die Weibchen damit, ihn und seine Gäste mit einer Massage zu verwöhnen. Henni und Hörg wehrten sich nicht gegen diese Behandlung, wussten sie doch, dass sie bald wieder von der Sitzbank des Wagens aus, auf das gefürchtete Hinterteil eines Stinktiers starren mussten.

25

Zwei Tage später verließen die Missionare und ihre Helfer Alpha. Da die Gefahr durch Sören nicht mehr bestand, musste Norbert wieder hinter dem Daxi herlaufen. Als er sich darüber beschwerte, wies ihn Hörg darauf hin, dass er zwei Tage Zeit gehabt hatte, sich ein Reittier zu beschaffen, wenn er schon unbedingt mit ihnen reisen musste. Außerdem würde ihn ja niemand dazu zwingen. Nach diesem Hinweis hielt Norbert den Mund und ergab sich in sein Schicksal.

Wolfi war es gelungen, seine Arbeitgeber zu überreden, Lisas Vater das Holz zurückzubringen, das sie für den Panzer gebraucht hatten. Die Brüder wussten sehr genau, warum der Knabe zurück zur

Herberge wollte. Und doch unterschätzten sie seine Sehnsucht nach dem jungen Weibchen bei Weitem.

»Ich möchte hierbleiben«, sagte Wolfi, als die Herberge in Sichtweite kam.

»Darüber haben wir doch bereits gesprochen«, entgegnete Henni und gab Hörg, der ihn irritiert ansah, ein Zeichen, ihm das Reden zu überlassen.

»Unsere Aufgabe in Alpha ist erledigt«, sagte der Knabe. »Ihr braucht mich nicht mehr.«

»Vergiss nicht, dass wir dich eigentlich Siegfried übergeben wollten.«

»Das ist nicht fair, Henni.«

»Nein. Und ich meine es auch nicht ernst. Dennoch bin ich immer noch der Meinung, dass du nicht bei dem ersten Weibchen bleiben solltest, mit dem du ins Heu gesprungen bist. Außerdem ist unsere Reise noch nicht beendet.«

»Ich habe Norbert alle Befehle beigebracht, die er für das Daxi braucht. Er wird ohne Probleme mit Karla zurechtkommen.«

»Wer sagt, dass der Kerl bei uns bleibt«, brummte Hörg.

»Aber ich dachte …«, Wolfi sah seine Arbeitgeber entsetzt an.

»Keine Angst«, sagte Henni schnell. »Wir zwingen dich nicht, bei uns zu bleiben, wenn du nicht willst. Zunächst solltest du allerdings mit Lisas Vater sprechen. Gegen seinen Willen wirst du nicht hierbleiben können.«

»Könnt ihr ein gutes Wort für mich einlegen?«

»Wir werden es versuchen.«

Wolfi lenkte das Daxi auf den Hof der Herberge. Sofort stürmte Lisa aus dem Haus, um ihren Liebsten zu begrüßen, blieb aber dann unsicher vor der Gruppe stehen. Henni und Hörg mussten lachen, als sie das junge Weibchen sahen. Sicher hätte sie sich sofort auf den Knaben gestürzt, wenn er allein angekommen wäre.

Auch Lisas Vater trat ins Freie. Bei ihm schien sich die Freude ob des Besuches aber in Grenzen zu halten.

»Ihr seid wieder hier?«, fragte er und schaute die Reisenden skeptisch an.

»Wir wollten dir dein Holz zurückbringen«, erklärte Hörg.

»Aber das habt ihr doch bezahlt.«

»Wir brauchen es nicht mehr und dachten, du hast vielleicht noch Verwendung dafür.«

»Ich kann euch aber nur die Hälfte des Kaufpreises zurückerstatten.«

»Das ist völlig in Ordnung.« Hörg grinste den Wirt der Herberge an.

Offensichtlich war er lediglich besorgt darüber gewesen, das gute Geschäft mit dem Bauholz rückgängig machen zu müssen. Die Missionare hätten es ihm sogar kostenlos zurückgegeben. In Alpha hätten sie es einfach liegen gelassen. Wenn er aber gerne etwas bezahlten wollte, würden die Brüder ihn nicht hindern.

»Ihr wisst ja, wo das Zeug hinkommt«, sagte er zu Wolfi und Norbert und bat Henni und Hörg, inzwischen mit wesentlich besserer Laune, in seinen Schankraum, um das Geschäftliche zu regeln. Seine Tochter schickte er in die Küche, wo sie etwas zur Stärkung der Gruppe vorbereiten sollte.

Während sich Wolfi beeilte, der Aufforderung nachzukommen, war Norbert weniger begeistert und folgte dem Knaben widerwillig, als dieser begann, den Wagen zu entladen.

»Warum müssen eigentlich wir immer die ganze Arbeit machen?«, fragte er mürrisch.

»Wir können dich mit sofortiger Wirkung aus unseren Diensten entlassen, wenn es das ist, was du willst«, antwortete Hörg.

»So war es nicht gemeint«, sagte Norbert schnell und machte sich schweigend an die Arbeit.

»So langsam nervt der Kerl mit seinem ständigen Gemecker«, sagte Henni.

»Wenn er so weitermacht, schicken wir ihn mit irgendeinem Auftrag nach Omega«, stimmte sein Bruder zu. »Soll sich Hilmer doch mit dem Trottel herumärgern.«

»Gute Idee. Dann kann er uns nicht mehr in die Quere kommen.«

»Was läuft da eigentlich zwischen eurem Gehilfen und meiner Tochter?«, fragte der Wirt, nachdem er mit seinen Gästen auf das erfolgreiche Geschäft angestoßen hatte.

Hörg vermutete, dass er damit den eigentlichen Grund ansprach, warum ihn der neuerliche Besuch der Missionare nicht so sehr erfreute. Sicher hatte auch er bemerkt, dass Lisa sich etwas zu stark für einen der Reisenden interessierte.

»Ich glaube, der Kleine ist in Lisa verliebt«, antwortete Henni und grinste den Wirt an.

»Ich möchte nicht, dass sich meine Tochter weiterhin mit einem Halbstarken vergnügt, der hier nur vorbeikommt, um mit ihr für ein paar Stunden das Lager zu teilen.«

»Ich denke, er meint es ernst«, erklärte Henni.

»Was soll das heißen?«

»Er hat mir gesagt, dass er nicht mehr mit uns weiterziehen will. Er wird dich fragen, ob du hier in der

Herberge Arbeit für ihn hast.«

Der Wirt sah Henni nachdenklich an. »Meine Tochter hat mich gefragt, ob sie mit euch reisen darf. Nachdem mein Weibchen tot ist, wäre ich dann allein auf dem Hof. Deshalb habe ich ihr verboten, euch zu folgen. Wir hatten heftigen Streit deswegen. Letztlich hat sie eingesehen, dass es besser ist, Wolfi ziehen zu lassen. Jetzt ist er aber wieder hier.«

»Er wird Lisa ein gutes Männchen sein. Da bin ich mir sicher.«

»Das glaube ich dir ja. Aber er ist noch sehr jung.«

»Ich habe mehrfach mit dem Knaben gesprochen und ihm erklärt, dass es in der Welt noch viel für ihn zu entdecken gibt. Trotzdem möchte er lieber bei Lisa bleiben. Wenn du ihm das erlaubst.«

»Ich werde mit ihm reden«, sagte der Wirt. »Macht er meine Tochter jedoch unglücklich, dann bringe ich ihn um.«

»Das wird er nicht«, sagte Henni bestimmt.

»Dann müssen wir uns jetzt tatsächlich weiter mit Norbert herumschlagen«, maulte Hörg, als er mit seinem Bruder allein war.

»Wir können das Daxi auch selbst steuern. Nachdem er uns aber schon so viel Ärger bereitet hat, würde ich den Kerl nicht gerne unbeaufsichtigt lassen, solange unsere Mission nicht beendet ist. Und wenn er uns ohnehin begleitet, kann er sich auch um Karla kümmern.«

»Wahrscheinlich hast du recht«, gab Hörg zu. »Der Vorschlag, ihn zu Hilmer zu schicken, gefiel mir trotzdem besser.«

»Norbert kann uns auch schaden, wenn er allein nach Omega geht. Wer weiß, wen er unterwegs alles trifft.«

»Willst du noch eine Nacht hierbleiben?«, wechselte

Hörg das Thema.

»Ungern. Und du?«

»Nein. Je eher wir verschwinden, umso besser. Wenn Wolfi sich mit Lisas Vater einigt, brechen wir nach dem Essen auf.«

Als der ehemalige Strauchdieb freudestrahlend in den Schankraum kam, wussten die Brüder, dass sie ihren Gehilfen verloren hatten. Henni klopfte dem Knaben anerkennend auf die Schulter.

»Ich wünsche euch beiden viel Glück«, sagte er und verließ das Gebäude.

Hörg spürte die Traurigkeit seines Bruders. Auch er selbst hatte sich an ihren fröhlichen Begleiter gewöhnt und ließ ihn nur sehr ungern hier zurück. Beide Missionare waren keine Männchen, die große Abschiede schätzten, und wollten sich deshalb nicht mehr länger als unbedingt nötig in der Herberge aufhalten.

»Ist Henni sauer?«, fragte Wolfi und schaute Hörg ratlos an.

»Nein. Er wird dich aber vermissen.«

»Ihr werdet mir auch fehlen.«

»Mach uns keine Schande und behandele die Kleine anständig.«

»Das werde ich tun.«

»Hier ist noch der versprochene Lohn«, sagte Hörg und überreichte Wolfi ein Bündel Geldscheine.

Der Knabe schaute ihn einen Moment lang irritiert an, steckte das Geld dann aber dankbar ein. Plötzlich trat Lisa in den Raum und fiel Wolfi strahlend um den Hals. Offensichtlich hatte ihr Vater bereits mit ihr gesprochen. Hörg ließ die beiden allein, um Henni und Norbert zu holen. Während des Essens sprach keiner der Lemminge. Die beiden Turteltäubchen sahen sich verliebt an, Norbert und der Wirt runzelten die Stirn und die Brüder starrten brummig vor sich hin.

Der Abschied fiel sehr kurz aus. Henni und Hörg drückten ihren jungen Freund noch einmal kräftig und wünschten ihm viel Glück.

Dann ging die Reise weiter.

Unterwegs zeigte sich Norbert sichtlich erfreut darüber, dass er nun auf der Sitzbank einen Platz gefunden hatte und nicht mehr hinter dem Daxi herlaufen musste. Er plauderte pausenlos vor sich hin, erhielt aber kaum Antworten von seinen Arbeitgebern, die sich einig darüber waren, den falschen Gehilfen behalten zu haben. In Hörgs Kopf spielten sich verschiedene Szenarien ab, wie sie Norbert durch einen tragischen Unfall verlieren konnten.

Ansonsten verlief die weitere Reise ohne nennenswerte Ereignisse. Selbst Norbert wurde mit der Zeit ruhiger und seine Anwesenheit damit erträglicher. Die Missionare mussten noch zweimal übernachten, bevor sie endlich vor sich Gamma erblickten. Dort schien man bereits mit ihrem Eintreffen zu rechnen.

»Seid ihr die Missionare?«, fragte eines von zwei Wachmännchen, die sie an der Hauptstraße erwarteten.

Henni und Hörg nickten überrascht. Norbert schüttelte den Kopf, um zu zeigen, dass er diesmal nicht derjenige war, der die Ankunft der königlichen Berater angekündigt hatte.

»Ihr sollt sofort in den Palast des Statthalters kommen.«

26

Die beiden Männchen führten die Besucher durch Gamma. Hörg fragte zweimal nach, woher die Wachen von ihrer Ankunft wussten, doch die antworteten nur, dass sie dies von Jürgen erfahren würden. Es blieb ihnen also nichts anderes übrig, als den beiden zu folgen.

Unterwegs zum Palast sahen sie einige Männchen, die mit gesenkten Köpfen an ihnen vorbeiliefen. Offensichtlich war die Kunde von der Abschaffung der Massenselbstmorde schon bis zu den Bürgern der Stadt vorgedrungen. Die Brüder hatten dies bereits befürchtet. Es war einfach schon zu lange her, dass Hilmer den Thron bestiegen hatte.

Vielleicht hätten Anton und Paula doch gleichzeitig mit ihnen aufbrechen sollen. Hörg hatte Hilmer davon abgeraten, weil damit der komplette Rat der vier Weisen unterwegs gewesen wäre. Natürlich war es ihm und seinem Bruder in Wahrheit darum gegangen, in den Städten ihre Kaubonbons zu verkaufen. Dies rächte sich nun.

Endlich erreichten die Missionare den Palast. Während sich Henni und Hörg gleich zu Jürgen führen ließen, blieb Norbert im Freien, um sich um Karla zu kümmern. Die Brüder waren gespannt darauf, dem Stadtverwalter zu begegnen. Wie würde er auf die Neuerungen im Volk der Lemminge reagieren? Sie wurden von den Wachen in den Audienzsaal geführt, wo der Regent sie bereits ungeduldig erwartete.

»Da seid ihr ja endlich!«, begrüßte er seine Besucher. »Wir hatten schon befürchtet, euch sei unterwegs etwas zugestoßen.«

»Um uns brauchst du dir keine Sorgen zu machen«,

antwortete Hörg, überrascht darüber, dass Jürgen es offenbar gar nicht abwarten konnte, ihn und seinen Bruder kennenzulernen. »Wir haben schon einiges erlebt und sind nicht so leicht unterzukriegen.«

»Wie auch immer. Ich bin froh, dass ihr es geschafft habt, hierher zu kommen, und hoffe, ihr könnt unsere Erwartungen erfüllen. Ihr habt ja gesehen, wie sehr die Männchen in der Stadt von der ganzen Sache mitgenommen sind. Auch mir fällt es noch schwer, nach diesem entsetzlichen Schock einen klaren Gedanken zu fassen.«

»Wir wissen, wie schrecklich euch das alles im ersten Moment vorkommt«, sagte Hörg, der die Reaktion seiner Artgenossen auf die Abschaffung der Selbstmorde mittlerweile zur Genüge kannte. »Ihr werdet euch aber an den Gedanken gewöhnen und sehen, dass das neue Leben auch Vorteile hat.«

»Das ist doch völliger Unsinn. Wir müssen unsere Kraft daran setzen, dass hier alles wieder in Ordnung kommt und die Familien bis zu ihrem Tod glücklich und zufrieden leben können.«

»Darum sind wir hier«, sagte Henni und lächelte den Regenten an. »Wir Lemminge müssen einfach lernen, die Freuden, die uns das Leben bringen kann, zu genießen. Deshalb haben wir ein Mittel mitgebracht, das verhindert, dass ein Weibchen trächtig wird. So halten wir die Bevölkerungszahlen konstant und die Paare haben ein erfülltes Eheleben.«

»Was nützt das denn, wenn die Weibchen nicht da sind?« Jürgen sah Henni an, als käme er von einem anderen Stern.

»Wie meinst du das?«, fragte Hörg verwirrt. Er gewann immer mehr den Eindruck, dass er und sein Bruder von einem ganz anderen Thema sprachen als Jürgen. »Wo sollen sie denn sein?«

»Genau das ist doch das Problem, bei dessen Lösung ihr uns helfen sollt.«

»Ich verstehe nicht, was du meinst«, sagte Henni.

»Wir wollen unsere Weibchen zurück. Ihr seid hier, um sie in die Stadt zurückzubringen.«

»Kann es sein, dass wir nicht von der gleichen Sache reden?«, sprach Hörg seine Vermutung aus, die mit jedem Wort, das gesagt wurde, mehr zur Gewissheit wurde. »Was ist passiert?«

»Haben euch die Wachen nichts gesagt?«

»Nein, Jürgen. Sie meinten, dass du uns alles Weitere erklären würdest, und haben uns nur in den Palast geführt. Also rede! Was ist hier los?«

»Vor zwei Tagen wachten die Männchen morgens auf und alle Weibchen waren spurlos verschwunden«, erklärte der Regent mit Tränen in den Augen. »Zunächst hatten sie sich nichts dabei gedacht, als sie aber auch am Mittag noch nichts von ihren Gefährtinnen gehört hatten, kamen die Männchen zu mir.

Wir fanden schnell heraus, dass außer ein paar Welpen keine Weibchen mehr in der Stadt waren. Niemand wusste, wohin sie verschwunden sein konnten. Wir haben uns auf dem Platz vor dem Palast versammelt und auf eine Nachricht gewartet. Die Hoffnung auf eine harmlose Erklärung schwand aber mit jeder Stunde, in der sich nichts ereignete. Den Brief fand ich erst, als es dunkel wurde und ich ins Audienzzimmer zurückgekehrt bin.«

»Willst du damit andeuten, dass eure Weibchen entführt wurden?«, fragte Henni entsetzt.

»Es weist alles daraufhin, ja. In dem Brief stand, dass wir unser gesamtes Vermögen auf einen Wagen packen sollen, wenn wir unsere Weibchen zurückhaben wollen. Es wurde der Besuch von zwei Missionaren angekündigt, welche die Übergabe des Lösegeldes übernehmen sollten. Den Ort dafür wollte man uns bekannt geben, wenn ihr in der Stadt ankommt.«

»Das ist komisch«, wunderte sich Hörg. »Wieso wusste der Entführer, dass wir auf dem Weg in die Stadt sind? Und was haben wir überhaupt mit der ganzen Sache zu tun?«

»Ich hatte gehofft, dass ihr die Antworten kennt«, sagte Jürgen und sah betreten zu Boden.

»Hier liegt ein sehr großes Missverständnis vor«, sagte Henni. »Wir sind aus einem ganz anderen Grund hier und haben deswegen bereits die Städte im Süden und Osten besucht.«

»Dann wollt ihr uns gar nicht helfen?«

»Doch. Natürlich werden wir das tun«, sagte Hörg schnell. »Mein Bruder wollte sagen, dass unsere eigentliche Mission nichts mit dem Verschwinden eurer Weibchen zu tun hat. Wir sind Berater des Königs und haben ein paar wichtige Neuigkeiten für euch. Darüber können wir aber später sprechen. Zunächst werden wir dafür sorgen, dass ihr eure Weibchen zurückbekommt.« Hörg warf seinem Bruder einen kurzen Blick zu und sah, dass er seine Worte nickend bestätigte.

»Dürfen wir den Brief einmal sehen?«, warf Henni ein.

»Natürlich. Wartet einen Moment. Ich hole ihn aus meinen Gemächern.«

»Mit so einem Empfang hatte ich nicht gerechnet«, sagte Henni, als er mit Hörg allein war.

»Ich auch nicht. Mal abgesehen davon, dass ich nicht

verstehe, warum man alle Weibchen einer Stadt entführen sollte. Was haben wir damit zu tun? Ich kann mir nicht vorstellen, dass es hier wirklich nur um das Lösegeld geht.«

»Meinst du, Sören steckt hinter der Entführung?«

»Wie kommst du denn darauf?«

»Er hat einen Grund, uns zu hassen, und wird sicher auch eine Verwendung für die Reichtümer der Stadt haben.«

»Das glaube ich nicht, Henni. So eine Aktion muss sehr gut vorbereitet sein. Ich glaube nicht, dass man die Weibchen mit Gewalt entführt hat. Dies hätten die Männchen gemerkt. Es muss sie also jemand aus der Stadt gelockt haben. Danach muss der Entführer sie an einen Platz gebracht haben, der groß genug ist, alle Weibchen so aufzunehmen, dass keines entkommen kann. Sören hätte einfach nicht genug Zeit gehabt, so etwas durchzuziehen.«

»Vermutlich hast du recht. Dennoch. Wer auch immer dahintersteckt - er muss uns kennen. Es muss einen Grund geben, warum wir das Lösegeld überbringen sollen. Für mich kommt da nur Rache in Betracht. Die Frage ist jetzt, wem wir derartig auf die Pfoten getreten sind.«

»Es kann eigentlich nur jemand sein, der uns schon kannte, bevor wir unsere Mission angetreten haben«, vermutete Hörg.

»Aber wer?«

»Woher soll ich das wissen?«

»Das hilft uns nicht weiter. Wir müssen abwarten, bis Jürgen eine weitere Nachricht erhält.«

»Sollen wir ihm von der Abschaffung der Selbstmorde berichten?«

»Das würde ich jetzt nicht tun«, antwortete Henni. »Die

Männchen in der Stadt stehen unter Schock. Noch so eine Schreckensnachricht werden sie sicher nicht verkraften. Wenn sie wieder glücklich mit ihren Weibchen vereint sind, werden sie die neuen Regeln besser aufnehmen können.«

»Gut. Warten wir, bis Jürgen zurückkehrt. Lange kann das nicht mehr dauern. Ich bin wirklich gespannt, was hinter dieser ganzen Sache steckt.«

27

»Ich habe den Brief«, sagte Jürgen und hielt Henni ein Stück Papier unter die Nase. Neugierig begann er sofort zu lesen, welche Botschaft der Entführer dem Regenten geschickt hatte.

Ich habe die Weibchen eurer Stadt in meiner Gewalt. Es geht ihnen gut, aber ich werde sie eine nach der anderen töten, wenn ihr euch nicht genau an meine Anweisungen haltet oder euch an den König wendet.

Als Lösegeld verlange ich die kompletten Reichtümer des Palastes. Solltet ihr versuchen, mich zu betrügen, werden eure Gefährtinnen darunter zu leiden haben. Ihr Tod wird so grausam sein, dass ihre Einkehr in das gelobte Land kein Trost ist.

Es werden in den nächsten Tagen zwei Missionare in eure Stadt kommen. Ich verlange, dass diese das Lösegeld überbringen. Wenn ich sehe, dass sie nicht allein kommen oder Waffen tragen, töte ich eines der Weibchen. Kommt jemand anderes, sterben sie alle. Den Ort der Übergabe teile ich noch mit.

Der Brief war in einer schwer zu lesenden Handschrift verfasst. Henni zweifelte keinen Moment daran, dass es der Entführer ernst meinte. Er reichte das Schreiben an seinen Bruder weiter und wartete, bis der es ebenfalls gelesen hatte. »Kannst du mir erklären, was das soll?«, fragte er ihn dann.

»Nein«, antwortete Hörg und schüttelte den Kopf. »Ich bin mir aber mittlerweile sicher, dass der Kerl aus Omega kommt. Woher sonst sollte er uns kennen? Wir müssen ihn irgendwie geärgert haben.«

»Ihr wisst also auch nicht, wer unsere Weibchen entführt hat?«

»Nein«, antwortete Henni. »Aber wir werden euch helfen, sie zu befreien.«

»Seid ihr wirklich bereit, euch allein gegen diesen Verbrecher und seine Helfer zu stellen? Ich denke nicht, dass er allein ist. Ihr werdet kaum eine Chance haben, euch zu wehren, wenn die Kerle euch ebenfalls gefangen nehmen wollen.«

»Darauf lassen wir es ankommen«, antwortete Henni. »Der Entführer wäre nicht der Erste, der unsere Möglichkeiten unterschätzt. Uns wird ganz sicher etwas einfallen. Zur Not haben wir noch unsere Geheimwaffe dabei.«

»Was meinst du damit?«

»Unser Daxi hat besondere Qualitäten. Wir werden die Schätze mit unserem eigenen Wagen überbringen.«

»Wollt ihr die Lösegeldforderung denn erfüllen?«, wollte Hörg wissen.

»Wir haben keine andere Wahl. Ich habe bereits veranlasst, dass unsere Schätze zusammengetragen werden. Im Moment können wir nichts anderes tun, als auf die nächste Nachricht zu warten. Wir hatten gehofft, dass ihr vielleicht eine Vermutung habt, wer hinter der Entführung steckt und wohin er die Geiseln gebracht haben könnte. Da dies aber nicht der Fall ist, sind uns im Moment die Pfoten gebunden.«

»Wir können aber schon einmal den Wagen umladen«, schlug Hörg vor. »Sicher wartet unser Gehilfe ohnehin schon darauf zu erfahren, was weiter geschehen soll.«

»Gute Idee«, stimmte Jürgen zu. »Dann können wir schneller reagieren, wenn es so weit ist. Wir stellen euer Daxi in den Stall des Palastes. Nicht, dass sich jemand an der Ladung vergreift und den Schatz raubt, ohne dass wir unsere Weibchen zurückbekommen.«

Als die drei Lemminge ins Freie traten, unterhielt Norbert sich gerade mit zwei der Wachmännchen. Hörg hielt für einen Moment die Luft an. Hoffentlich konnte der Kerl dieses eine Mal seinen Mund halten und erzählte nicht mehr, als er sollte. Schnell lief er zu Norbert, um ihm zu sagen, dass die Bürger aus Gamma zunächst noch nichts von den Neuerungen ihres Volkes erfahren sollten.

Henni schien zu ahnen, was sein Bruder vorhatte. Er lenkte Jürgen und seine Männchen so lange ab, bis Hörg mit Norbert das Wichtigste besprochen hatte. Inzwischen gab der Regent Anweisungen über die Unterbringung und Bewachung des Wagens an seine Bediensteten weiter. Diese wollten sich gerade in Bewegung setzen, um die Befehle des Statthalters auszuführen, als eine weitere Wache auf sie zugerannt kam und schwer atmend vor Jürgen stehen blieb.

»Ihr müsst sofort mit zum Stadttor kommen«, meldete das Männchen. »Ein Weibchen kommt aus nördlicher Richtung auf uns zu. Sie bewegt sich sehr langsam und scheint völlig entkräftet zu sein.«

»Warum hast du sie nicht in Empfang genommen und

hierher gebracht?«, fragte Jürgen und sah seinen Untergebenen ärgerlich an.

»Ich wollte dir so schnell wie möglich Bescheid geben.«

»Du bist ein dämlicher Idiot. Du gehst ihr sofort entgegen und hilfst dem armen Weibchen hierher zu kommen.« Das Gesicht des Statthalters wurde rot. Er atmete tief durch und wandte sich dann an die beiden anderen Wachen. »Ihr werdet ihn begleiten. Gebt dem armen Ding etwas zu trinken und zu essen und bringt sie dann in den Audienzsaal.«

»Wir sollten trotzdem schon einmal den Wagen umladen lassen«, sagte Henni, als die Wachen verschwunden waren.

»Ich zeige euch den Stall«, stimmte Jürgen zu. Er führte die beiden Missionare und Norbert, der das Daxi steuerte, auf eines der Nebengebäude zu. Dort angekommen, befahl der Regent seinen Bediensteten die Schätze zum Wagen zu bringen

»Ihr werdet die Ladung, die ihr mitgeführt habt, abladen und bis zu eurer Rückkehr hier im Stall lagern.«

»Darum kann sich unser Gehilfe kümmern«, sagte Henni. »Mein Bruder und ich begleiten dich in den Audienzsaal. Auch wir sind gespannt, was das Weibchen zu berichten hat.«

Norbert, der wieder einmal gezwungen war, die ganze Arbeit allein zu verrichten, nahm dies schweigend zur Kenntnis.

28

Der Regent und seine Besucher mussten nicht lange warten, bis die Wachen das Weibchen in den Raum brachten.

»Susi«, rief Jürgen überrascht, sprang auf und eilte auf die Gerettete zu, um sie in den Arm zu nehmen. »Ich bin sehr froh, dass du die Entführung gut überstanden hast und heil hierher zurückgekehrt bist.« Dann wandte sich der Statthalter an eine der Wachen. »Lauf zum Bäcker und sag ihm, dass seine Tochter hier ist. Er soll sofort in den Palast kommen.«

Susi war ein noch recht junges Weibchen. Hörg schätzte, dass sie nicht viel älter als Lisa sein konnte. Sie musste Furchtbares hinter sich haben. Ihre Haare waren schweißnass und klebten am ganzen Körper. Obwohl sie sichtlich erschöpft war, schien es ihr insgesamt aber gut zu gehen. Verletzungen waren nicht zu erkennen.

»Was ist passiert?«, fragte Jürgen und führte die Tochter des Bäckers zu einem Stuhl, damit sie sich setzen konnte.

Henni und Hörg folgten den beiden. Auch sie waren sehr neugierig zu hören, was das Weibchen zu berichten hatte.

»Es war furchtbar«, begann Susi ihren Bericht. »Ich habe wirklich gedacht, dass mein Leben vorbei ist und ich den Schicksalsberg nie sehen werde.«

Das wirst du auch nicht, dachte Hörg, sagte aber nichts.

»Beginn einfach von Anfang an zu erzählen«, forderte Jürgen.

»Ein fremder Lemming kam in die Stadt und erzählte den Waschweibchen, dass er eine Stelle kenne, von der aus man einen Blick ins gelobte Land werfen und mit den Verstorbenen, die dort leben, Kontakt aufnehmen könne.«

»So ein Unsinn«, entfuhr es Henni, er bekam dafür von

Hörg einen leichten Schlag gegen den Hinterkopf, den er mit einem mürrischen Blick quittierte.

»Die Waschweibchen haben dem Kerl geglaubt. Einige von ihnen waren bereits verwitwet. Die Aussicht, mit ihren verstorbenen Gefährten zu reden, hat sie sofort auf die Seite des Fremden gebracht. Der forderte die Arbeiterinnen auf, im Morgengrauen mit allen Bürgerinnen der Stadt nach Norden zu gehen, bis sie die Berge erreichten. Er warnte sie eindringlich davor, auch nur einem einzigen Männchen Bescheid zu geben. Täten sie dies dennoch, würde ihnen der Blick ins gelobte Land verwehrt bleiben.«

»Unglaublich, dass sie darauf hereingefallen sind«, brummte Henni und duckte sich schnell, um Hörgs Klaps zu entgehen.

»Eine Möglichkeit zu finden, das gelobte Land zu sehen, ist sehr reizvoll«, nahm Jürgen die Bäckerstochter in Schutz. »Die meisten Lemminge würden dafür töten.«

Henni wollte zu einer Erwiderung ansetzen, wurde aber von Hörgs warnendem Blick zum Schweigen gebracht. Es war nicht der richtige Zeitpunkt, um über Wonibalt und seine Lehren zu diskutieren.

»Wir alle haben uns an die Anweisungen des Fremden gehalten«, fuhr Susi fort. »Am Fuß der Berge kam er auf uns zu und gab jeder ein Tuch, mit dem wir uns die Augen verbinden sollten. Danach bildeten wir eine Reihe, indem wir uns an den Pfoten hielten. Zunächst war das Männchen sehr freundlich und zuvorkommend. Keine von uns hätte erwartet, dass er irgendetwas Böses im Schilde führt.«

»Unglaublich, dass es einem einzigen Männchen gelingt, die Bürgerinnen einer kompletten Stadt zum Narren zu halten«, brummte Henni.

»Hat er euch seinen Namen genannt?«, wollte Hörg wissen.

»Nein. Genau genommen hat er überhaupt nicht viel gesagt. Er freute sich nur darüber, dass alle gekommen waren, und wollte uns sofort zu dem Tor führen, von dem aus wir das gelobte Land sehen könnten.«

Hörg schaute kurz zu Henni, der sich nur mit dem Zeigefinger an die Stirn tippte, aber keinen weiteren Kommentar abgab.

»Sind die anderen Weibchen noch dort?«, fragte Jürgen.

»Es gibt dieses Tor nicht!«, warf Henni nun doch ein. »Wo auch immer der Kerl die Bürgerinnen der Stadt hingeführt hat – sie werden das gelobte Land nicht sehen können. Vermutlich hat er sie in irgendeine Höhle oder in einen abschließbaren Raum gesperrt.«

»Stimmt das, Susi?«

»Ich weiß es nicht genau. Wir hatten ja die Augen verbunden. Der Fremde führte uns eine ganze Zeit geradeaus. Wie lange wir gelaufen sind, kann ich nicht mehr sagen. Ich ging am Ende der Schlange und wurde plötzlich von der Hand meiner Mutter weggerissen. Danach gab es ein furchtbares Krachen und Poltern und ich schmeckte Staub in meinem Mund. In dem Moment wurde mir klar, dass der Fremde uns hintergangen hatte. Er führte mich in einen fensterlosen Raum und nahm mir dort die Augenbinde ab. Dann ging er weg und verschloss die Tür hinter sich. Mir kam es vor, als hätte ich eine Ewigkeit in meinem Gefängnis verbracht. Das Männchen kam ein paarmal vorbei und brachte mir Wasser und Essen. Dabei hat er aber nie ein Wort gesprochen. Ich habe gefragt, was er mit uns vorhabe und wo die anderen seien. Eine Antwort habe ich aber nicht bekommen.«

Hörg merkte, wie die Stimme des Weibchens immer kratziger wurde, und reichte ihr ein Glas Wasser, das sie dankbar annahm. »Kannst du uns den Kerl beschreiben?«, fragte er, nachdem Susi ausgetrunken hatte.

»Ich würde ihn wiedererkennen, wenn er vor mir stünde, aber es ist schwer zu erklären, wie er aussah. Er muss kurz vor dem Gang zum Schicksalsberg stehen und hat eine normale Statur. Es gibt nichts Auffälliges an seinem Äußeren.«

»Wie konntest du dich befreien?«

»Das musste ich gar nicht«, beantwortete Susi die Frage des Regenten. »Irgendwann kam er zu mir und sagte, ich solle mir wieder das Tuch vor die Augen binden. Dann führte er mich ins Freie. Wir sind eine ganze Zeit lang gelaufen. Dann durfte ich die Binde wieder abnehmen. Wir waren da in etwa an der Stelle, an der wir uns auch Tage vorher mit diesem Betrüger getroffen hatten.«

»Hat er dir eine Botschaft für uns mitgegeben?«, wollte Henni wissen.

»Wenn ihr die beiden Missionare aus Omega seid, ja.«

»Das sind wir«, bestätigte Hörg. »Was hat er gesagt?«

»Ihr sollt ihm die Schätze unserer Stadt bringen. Und ihr sollt allein kommen.«

»Das wissen wir bereits«, sagte Henni ungeduldig.

»Er sagt, dass ihr im Morgengrauen in Richtung der Berge am Fluss entlang gehen sollt. Dort wird er euch dann in Empfang nehmen.«

»Das ist ja mitten in der Nacht«, regte sich Henni auf.

»Offensichtlich mag er uns nicht«, sagte Hörg.

»Das beruht schon jetzt auf Gegenseitigkeit«, brummte Henni. »Wenn wir seine Forderungen schon erfüllen, braucht er uns nicht auch noch zu schikanieren. Das letzte Mal bin ich im Morgengrauen aufgestanden, als ich nachts von üblem Durchfall geplagt wurde.«

»Erspare uns bitte Einzelheiten«, lachte Hörg.

»Werdet ihr die Forderung erfüllen?« Jürgen sah die beiden Brüder mit sorgenvoller Miene an.

»Natürlich werden wir das«, antwortete Henni. »Ich bin gespannt, wer hinter der ganzen Sache steckt. Wir werden dem Kerl morgen gehörig die Meinung sagen. Alles lasse ich mir von dem Blödmann nicht gefallen.«

»Er wird schon noch merken, dass er so nicht mit uns umgehen kann«, stimmte Hörg grimmig zu.

»Wir werden euch alle Unterstützung geben, die möglich ist«, versprach der Regent. »Viel können wir allerdings nicht tun. Ich lasse euch und eurem Gehilfen ein Quartier einrichten, damit ihr euch bis zu eurer Abreise ausruhen könnt.«

»Norbert wird bei Karla im Stall bleiben«, entschied Hörg. »Für meinen Bruder und mich reicht ein einfaches Zimmer. Lange werden wir ja erst einmal nicht hier sein.«

»Habt ihr vor noch einmal hierher zurückzukommen?«

»Ja«, beantwortete Henni die Frage des Regenten. »Wir sind nicht grundlos in diese Stadt gekommen. Darüber reden wir aber, wenn wir die Weibchen befreit haben."

»Du scheinst sehr zuversichtlich zu sein, dass euch das gelingt.«

»Das bin ich. Wenn wir allein nicht weiterkommen, können wir auf die Wachmannschaft des königlichen Palastes zurückgreifen. Außerdem haben wir Helfer, die unsere Feinde allein durch ihr Auftreten in Angst und Schrecken versetzen können.«

Jürgen sah Henni mit zweifelnder Miene an, enthielt

sich aber eines Kommentars.

Hörg war froh, dass Henni nicht direkt die Ratten erwähnt hatte. Es wäre schwer zu erklären gewesen, warum die Lemminge nun mit den Nagern befreundet waren, ohne zu berichten, was sich sonst noch Neues in Omega ereignet hatte.

<h1 style="text-align:center">29</h1>

Am nächsten Morgen wurden die Brüder von den Bediensteten des Regenten geweckt, bevor der erste Sonnenstrahl durch das Fenster ihres Zimmers drang. Sehr zu Hennis Ärger fiel das Frühstück mehr als spärlich aus. Wenigstens drückte ihnen der Koch ein gut gefülltes Fresspaket in die Pfoten. Beiden Brüdern merkte man die schlechte Laune an. Sie waren es einfach nicht gewohnt, am Morgen derartig früh aufzustehen. Im Gegenteil hatte es bereits so einige Nächte gegeben, in denen sie um diese Zeit erst zu Bett gegangen waren.

Zu ihrer Überraschung war Norbert bereits auf den Beinen und hatte Karla den Wagen aus dem Stall ziehen lassen. Jürgen war ebenfalls dort. Er wollte es sich nicht nehmen lassen, den Missionaren persönlich viel Erfolg zu wünschen.

»Ich werde bis zum Abend warten und dann einen Trupp Wachen losschicken«, sagte der Regent. »Immerhin können wir nicht ausschließen, dass auch ihr in die Gefangenschaft der Entführer geratet.«

»Das ist überaus vorausschauend von dir«, murrte Henni ärgerlich.

»Warum greifst du mich jetzt an? Ich bin nicht schuld an dieser Situation.«

»Mein Bruder ist morgens nicht der Gesprächigste«,

sagte Hörg, als er Jürgens überraschtes Gesicht sah. »Selbstverständlich ist es wichtig, einen Plan in der Hand zu haben, sollte etwas schiefgehen. Sollten wir tatsächlich nicht zurückkehren, musst du außerdem unbedingt einen Boten nach Omega schicken, der dem König mitteilt, was passiert ist.«

»Das werde ich tun«, versprach der Regent. »Wollt ihr euren Gehilfen mitnehmen? Der Entführer verlangt, dass ihr allein kommt. Ich finde, wir sollten ihn nicht verstimmen.«

»Wir werden ihn, wenn die Berge in Sichtweite kommen, zurücklassen. Er kann warten und die Weibchen in Empfang nehmen, sollten diese ohne uns zurückkehren. Er wird dann wissen, was zu tun ist.«

Dann war alles gesagt und die Missionare machten sich mit Norbert und dem Daxi auf den Weg. Es wurde langsam heller, sodass sie den Weg und die Umgebung gut erkennen konnten. Da Henni noch immer nicht sehr gesprächig war und Hörg sich nicht mit Norbert unterhalten wollte, schwieg auch er.

Es dauerte etwa drei Stunden, bis sie vor sich die ersten Ausläufer der Berge sahen.

»Wir rasten hier«, sagte Hörg und Norbert befahl Karla, stehen zu bleiben. Sein Hunger war in den letzten Minuten so stark angewachsen, dass sich sein Magen lautstark über die geringe Nahrungszufuhr am Morgen beschwerte. Genau wie seine Begleiter machte er sich gierig über das Fresspaket her. Wer konnte schon sagen, wann sie das nächste Mal etwas Essbares zwischen die Zähne bekommen würden?

»Soll ich wirklich hier warten?«, fragte Norbert schließlich.

»Ja«, antwortete Hörg. »Wir werden dir eine Briefhummel mit einer Nachricht an den König hierlassen. Wenn wir bis zum Abend nicht zurück sind, lässt du den Boten frei.«

»Was willst du Hilmer schreiben?«, wollte Henni wissen.

»Wenn uns etwas zustößt und wir Hilfe brauchen, möchte ich mich nicht auf Jürgen verlassen. Sind die Weibchen erst einmal zurück in der Stadt, ist es ihm vielleicht egal, was aus uns beiden wird.«

»Da könntest du recht haben«, gab Henni zu.

»Deshalb werde ich Hilmer bitten, uns Bert und Gerd mit ein paar weiteren Ratten zu schicken. Sie können unsere Plaudertasche hier treffen und dann nach uns suchen.«

»Du meinst, ich soll hier auf diese grässlichen Nager warten? Die zerfleischen mich doch.« Norbert stand das blanke Entsetzen ins Gesicht geschrieben und er zitterte am ganzen Körper.

»Unsinn! Sie sind unsere Freunde.«

»Ohne sie hätte es Hilmer vielleicht nic geschafft, Helmuts Lügen aufzuklären und unser Volk von den unsinnigen Selbstmorden zu befreien«, stimmte Henni seinem Bruder zu.

»Woher wissen sie, dass ich zu euch gehöre?«, fragte Norbert mit weinerlicher Stimme. »Vielleicht fressen sie mich ja doch, weil sie denken, ich gehöre zu den Entführern.«

»Stell dich nicht so an«, sagte Henni scharf. »Die Ratten werden dir nichts tun. Wir schreiben ja in der Nachricht, dass du hier auf uns wartest. Erzähl ihnen einfach, dass du zu uns gehörst. Wir kennen Bert und Gerd gut. Sie werden dir glauben.«

»Was ist, wenn sie sehr hungrig sind?«

»Es reicht jetzt, Norbert. Ratten fressen keine Lemminge. Wenn du noch ein bisschen rumjammerst, werde ich dich persönlich in einen Kochtopf stecken und einer Schneeeule zum Fraß vorwerfen, wenn du gar bist.«

Ein Blick in Hennis zorngerötetes Gesicht reichte aus, um Norbert erkennen zu lassen, dass es jetzt besser war, den Mund zu halten.

Hörg verfasste den Brief an Hilmer, band ihn der Briefhummel auf den Rücken und drückte Norbert den Kasten mit dem Boten in die Hand. „Es wird Zeit, dass wir weiterfahren", sagte er dann zu seinem Bruder.

»Wäre es nicht besser gewesen, diesen Nichtsnutz in Gamma zu lassen?«, fragte Henni, als sie außer Hörweite ihres Gehilfen waren.

»Nein. Hier kann er keine Dummheiten machen. Außerdem halte ich es für wichtig, einen Verbündeten in der Nähe zu haben, falls wir Hilmer tatsächlich benachrichtigen müssen.«

»Irgendwann müssen wir den Kerl loswerden.«

»Mich nervt Norbert auch«, sagte Hörg. »Im Moment brauchen wir ihn noch. Natürlich wäre mir Wolfi lieber. Der zieht es aber vor, sich die Hörner abzustoßen, als weiter für uns zu arbeiten.«

»Du tust ihm unrecht. Der Kleine liebt Lisa wirklich. Ich gönne es ihm, wenn er mit einem Weibchen sein Glück findet.«

»Ich ja auch. Das hätte er aber genauso gut nach dem Ende unserer Mission tun können.«

Mittlerweile waren die Berge schon sehr gut zu sehen und wuchsen übermächtig vor den Missionaren in den Himmel. Es würde nicht mehr lange dauern, bis sie die ersten Ausläufer erreicht hatten. Die Brüder schauten aufmerksam auf das Gelände vor sich, konnten dort aber keine Bewegung erkennen.

Als sie den Fuß des ersten Berges erreichten, hielten sie das Daxi neben einem kleinen Wäldchen an.

»Und was machen wir jetzt?«, fragte Henni mürrisch.

»Wir warten, bis sich der Entführer meldet. Lange wird das hoffentlich nicht dauern.«

Plötzlich sprang eine Gestalt zwischen den Bäumen hervor und blieb vor dem Wagen stehen. In der rechten Hand hielt sie einen schweren Holzknüppel, den sie den Brüdern angriffslustig entgegenstreckte.

»Siggi«, rief Hörg und starrte den ehemaligen Regenten überrascht an. »Was treibst du denn hier? Solltest du nicht im Kerker des königlichen Palastes auf deine Verurteilung warten? Hat man dich etwa begnadigt?«

30

»Damit hättet ihr beiden Spinner wohl nicht gerechnet?«

»Das stimmt«, gab Hörg zu. »Ich kann auch nicht gerade sagen, dass ich mich freue, dich so schnell wiederzusehen. Aber warum musstest du den armen Kerlen in Gamma die Weibchen rauben, nur damit wir uns treffen können? Das war wirklich nicht sehr nett von dir.«

»Dir werde ich deine dummen Sprüche noch austreiben. Ich habe euch in meiner Gewalt und kann euch versprechen, dass euch das Lachen sehr schnell vergehen wird.«

»Du weißt aber schon, dass Hilmer dich bis ans Ende der Welt jagen lassen wird«, sagte Henni. »Gerade vor den Ratten wirst du dich nicht verstecken können.«

»Das werden wir sehen«, sagte Siegfried. »Ihr werdet das aber nicht mehr erleben. Und jetzt kommt vom

Wagen herunter. Ihr lauft vor eurem Stinktier her. Und versucht bloß keine Dummheiten. Ich werde den Knüppel mit großem Vergnügen einsetzen. Außerdem solltet ihr nicht vergessen, dass ich noch immer die Weibchen in meiner Gewalt habe.«

Den Brüdern blieb nichts anderes übrig, als die Anweisungen ihres Kontrahenten zunächst zu befolgen. Erst wenn sie die Bürgerinnen aus Gamma in Sicherheit wussten, würden sie versuchen den Kerl zu überwältigen.

»In welche Richtung sollen wir gehen, Siggi?«, fragte Hörg. Er war sich bewusst, dass er den Entführer mit dieser Anrede weiter provozierte, nahm dies aber in seiner Wut gerne in Kauf. Er hätte wirklich zu gerne gewusst, wie es dem Kerl gelungen war, sich aus Hilmers Gefangenschaft zu befreien. Hörg nahm sich vor, ein ernstes Wort mit seinem König zu reden, wenn sie wieder zu Hause waren.

»Du wirst dich auf Knien für jedes einzelne Mal entschuldigen, das du mich so genannt hast. Aber dazu kommen wir später. Geht einfach geradeaus. Ich werde euch rechtzeitig sagen, wenn ihr die Richtung wechseln müsst.«

»So ein bisschen leidet er ja schon an Wahrnehmungs-störungen«, sagte Henni so leise, dass Siegfried ihn nicht hören konnte.

»Wir werden ihn schon auf den rechten Pfad zurückbringen. Noch einmal wird er sich nicht befreien können.«

»Noch haben wir ihn nicht.«

»Nein, Hörg, aber er wird mit dieser Nummer nicht durchkommen. Du wirst schon sehen. Unsere Chance, ihn zu überwältigen, kommt noch.«

»Hört auf zu reden, da vorne«, rief Siegfried von der

Sitzbank des Wagens aus. »Ich beobachte euch genau.«

»Ist schon in Ordnung, Siggi«, gab Hörg zurück. »Wir wissen ja, dass du jetzt das Sagen hast.«

»Reiz ihn nicht noch mehr«, flüsterte Henni. »Der Kerl ist unberechenbar geworden.«

»Wenn er wütend ist, macht er vielleicht einen Fehler.«

»Oder er zieht dir seine Keule über.«

»Jetzt könnte Karla helfen«, sagte Hörg.

»Ich hoffe, sie wartet noch. Wir müssen an die Weibchen denken. Noch wissen wir nicht, wo sie sind.«

»Ihr sollt die Klappe halten. Oder wollt ihr vielleicht schon jetzt eine kleine Kostprobe von meinem Knüppel bekommen? Mir würde das ein großes Vergnügen bereiten. Geht jetzt nach links.«

Henni und Hörg liefen in die angegebene Richtung. Nachdem es bisher nur bergauf gegangen war, führte der Weg jetzt in eine Senke, die von grauen Felsen umgeben war. An der linken Seite stand eine kleine Hütte. Als die Brüder diese erreichten, befahl ihnen Siegfried stehen zu bleiben.

»Wo sind die Weibchen?«, fragte Henni, nachdem der Entführer den Wagen verlassen hatte.

»In Sicherheit.«

»Das ist keine Antwort. Du darfst dein Wort gegenüber Gamma nicht brechen. Vergiss nicht, dass wir alle deine Forderungen erfüllt haben.«

»Willst du mir etwa sagen, was ich zu tun habe?«

»In dem Fall schon. Oder bist du wirklich so ehrlos, dass du dich nicht an deine eigenen Abmachungen hältst. Und so was war einmal Statthalter.« Henni konnte sich in seinem Zorn nicht beherrschen und spuckte Siegfried vor die Füße.

»Das wird dir noch leidtun«, sagte er mit finsterem

Blick.

»Was ist jetzt mit den Weibchen?«, hakte Hörg nach.

»Sie sind in einem alten Dachsbau da drüben«, der Entführer deutete mit dem Finger auf einen Haufen Geröll auf der linken Seite des Platzes. »Den Eingang habe ich mit Steinen zugeschüttet, damit keine von ihnen entwischen kann.«

»Lass sie frei!«, forderte Henni.

»Nein. Ich werde mir sicher nicht die Mühe machen, die Steine wegzuräumen. Irgendwann werden ihre Männchen hierherkommen, wenn ihr beiden nicht zurückkehrt. Und das tut ihr nicht. Dann werden sie ihre Weibchen schon finden, wenn sie lange genug suchen.«

»Wenn du das so siehst, werden wir uns auch nicht mehr an deine Anweisungen halten.« Hörg ging einen Schritt auf Siegfried zu, unterschätzte aber dessen Reaktionsschnelligkeit.

Blitzschnell schlug der Entführer mit seiner Keule zu und traf den Missionar seitlich am Kopf. Auch Henni, der seinem Bruder zu Hilfe kommen wollte, musste einen Treffer gegen die Stirn hinnehmen. Beide Missionare gingen bewusstlos zu Boden. Ihr Widersacher hatte somit freie Bahn.

31

Als Hörg erwachte, verspürte er furchtbare Kopfschmerzen. Langsam öffnete er die Augen und sah direkt vor sich lehmigen Boden. Er wollte sich aufrichten, merkte aber, dass er an Pfoten und Füßen gefesselt war. Er vermutete, dass sie sich in der gleichen Hütte befanden, in der auch Susi gefangen gehalten worden war.

»Ah, der große königliche Berater wird endlich wach«, hörte Hörg die ihm wohlbekannte Stimme hinter sich. »Hat es dir jetzt endlich einmal die Sprache verschlagen? Ich höre gar keinen dummen Spruch von dir.«

Siegfrieds Lachen tat dem Missionar in den Ohren weh. Am liebsten hätte er sich auf seinen Widersacher gestürzt, konnte sich aber nicht rühren. Ein Stöhnen neben ihm verriet Hörg, dass auch sein Bruder langsam aus der Bewusstlosigkeit erwachte.

»Es ist mir eine große Freude, euch beide Spinner vor mir auf dem Boden liegen zu sehen«, sagte Siegfried. »Ich habe lange auf diesen Moment gewartet und werde ihn in vollen Zügen genießen. Bis ihr aufgetaucht seid, hatte ich in Beta ein sorgenfreies, perfektes Leben. Ihr habt mir alles genommen und bekommt dafür jetzt eure verdiente Strafe.«

»Was willst du?«, fragte Hörg mit krächzender Stimme.

»Euren Tod. Ich dachte eigentlich, dass euch dies mittlerweile klar geworden sein müsste.«

»Wieso bist du eigentlich hier? Du solltest im Kerker in Omega sein.«

»Tja, Hörg. Manchmal läuft eben nicht alles so, wie man es sich wünscht. Euer dämlicher König ist ein sehr wasserscheues Wesen.«

»Er ist nicht dämlich.«

»Doch. Das ist er.« Siegfried schlug Hörg mit dem Knüppel auf den Oberschenkel.

Diesem lief der Schmerz durch den gesamten Körper. Der Missionar biss die Zähne zusammen und kämpfte erfolgreich gegen den Drang an, vor Schmerzen aufzuschreien. Diesen Triumph wollte er seinem Widersacher nicht gönnen.

»Der Trottel gab seinem Daxi die Peitsche, als der

Regen begann, und achtete nicht mehr auf das, was hinter ihm geschah. Wir fuhren über einen Stein, der Wagen kam ins Springen und ich fiel von der Ladefläche. Ihr beiden hattet mich nur stümperhaft dort festgebunden. Zunächst war ich sauer, weil ich mit dem Gesicht im Matsch gelandet bin. Dann erkannte ich meine Chance.«

»Was hat der König getan? Er muss doch gemerkt haben, dass du vom Wagen gefallen bist.« Hörg konnte sich nicht vorstellen, dass Hilmer einfach weitergefahren war. Offensichtlich war es aber genauso gewesen.

»Euer Freund konnte es wohl nicht abwarten, in den trockenen Palast zu kommen. Er hat sein Daxi derartig angetrieben, dass es sich vermutlich heute noch von dieser Fahrt erholen muss.«

»Warum bist du nicht einfach verschwunden?«, fragte Henni, der mittlerweile ebenfalls wach war und Siegfrieds Ausführungen zuhörte.

»Ich wusste, dass ich niemals Ruhe haben würde, solange ihr beiden noch unterwegs seid. Hilmer wäre meine Flucht vielleicht egal gewesen. Euch aber sicher nicht. Außerdem wollte ich Rache für das, was ihr mir angetan habt. Und diese werde ich auskosten.« Zum Beweis seiner Worte schlug Siegfried Hörg ein weiteres Mal auf die Hüfte.

»Was aber haben die Lemminge aus Gamma mit der Sache zu tun?« Hörg spürte, wie sich der Nebel in seinem Kopf trotz der Schmerzen im gesamten Körper immer mehr lichtete. Dafür wurde der Zorn auf den Entführer mit jedem Treffer, den der Missionar hinnehmen musste, größer.

»Sie waren nur Mittel zum Zweck. Ich wusste, ich würde nicht vor euch in Alpha sein können. Deswegen bin ich, nachdem ich mich von meinen Fesseln befreit hatte, auf dem direkten Weg hierhergekommen. So konnte ich den Vorsprung vor euch nutzen, um die Gegend genau zu erkunden und einen Plan zu schmieden. Wie gut dieser funktioniert hat, habt ihr ja gesehen.«

Der Stolz, der in Siegfrieds Stimme mitschwang, machte Hörg noch wütender. Dennoch musste er einsehen, dass ihm im wahrsten Sinne des Wortes die Pfoten gebunden waren und er erst einmal nichts tun konnte.

»Wie geht es jetzt weiter?«, fragte Henni, der im Moment von den beiden Brüdern am praktischsten dachte.

»Liegt das nicht auf der Hand?«, gab Siegfried zurück. »Ich nehme die Schätze aus Gamma und verschwinde. Ihr werdet sterben. Pech für euch, wenn es das gelobte Land tatsächlich nicht gibt.«

»Du wirst an keinem Platz der Welt in Ruhe leben können!«, sagte Hörg angewidert. »Nicht nur die Lemminge aus Gamma werden dich jagen.«

»Aber ich werde leben. Im Gegensatz zu euch.« Erneut schlug Siegfried zu und schaute verächtlich auf seine Gefangenen herab. »Und nun sind es genug der Worte«, sagte er dann. »Seht ihr das Rohr oben in der Ecke?«

Beide Brüder drehten sich so um, dass sie an die Decke schauen konnten, und sahen tatsächlich die Öffnung einer Wasserleitung.

»Was ist damit?«, fragte Henni, wenngleich er die Antwort – genau wie Hörg – gar nicht wissen wollte.

»Ich werde jetzt die Hütte verlassen. Draußen lege ich einen Hebel um. Danach wird Wasser in diesen Raum laufen. Die Tür schließt so dicht, dass kein Tropfen nach draußen dringen wird. Das habe ich selbst bereits ausprobiert. Ihr beiden Spinner werdet ersaufen, während ich mich einem besseren Leben zuwenden kann.«

Hörg hätte dem Entführer sein dreckiges Grinsen am liebsten aus dem Gesicht geprügelt. Der Plan war an Boshaftigkeit nicht zu überbieten. Das Ertrinken war die schlimmste Todesart, die sich ein Lemming vorstellen konnte.

»Eigentlich wollte ich euch vorher noch ein bisschen mit dem Knüppel bearbeiten«, sprach Siegfried weiter.

»Was mich angeht, hast du das die ganze Zeit über getan«, brummte Hörg.

»Das war nur ein kleines Vorspiel auf das Kommende. Ich habe mir in meinen Träumen ausgemalt, wie es wohl wäre, euch mit dieser Waffe in den Tiefschlaf zu prügeln. Dann dachte ich mir aber, dass dieser Tod für euch viel zu harmlos wäre. Wenn ihr bewusstlos seid, bekommt ihr es nicht mit, wie das Wasser im Raum langsam ansteigt. Ich möchte aber, dass ihr die letzten Minuten eures Lebens in vollen Zügen genießen könnt. Und jetzt lebt wohl, ihr Möchtegernmissionare! Ich wünsche euch einen angenehmen Tod.«

Henni und Hörg antworteten nicht. Sie wollten dem Entführer nicht noch mehr Möglichkeiten geben, sich an ihrem Schicksal zu ergötzen. Ihnen blieb nichts anderes übrig, als zuzusehen, wie Siegfried die Hütte verließ und die Tür von außen schloss. Es dauerte nicht lange, bis sie aus der Ecke, in der sich das Rohr befand, ein Glucksen hörten. Dann kam das Wasser.

32

»Jetzt haben wir ein Problem«, sagte Henni, als die

ersten Wassertropfen den Boden berührten und sich schnell zu einer Lache zusammenfanden.

»Stimmt. Unsere Situation ist nicht gerade erfreulich«, gab Hörg zu. »Noch sind wir aber nicht verloren. Es wird mindestens eine halbe Stunde dauern, bis das Wasser so hoch ist, dass es uns gefährlich sein kann.«

»Na und? Wir haben erst Mittag. Vor Einbruch der Dunkelheit wird niemand hierherkommen, um nach den Weibchen zu sehen. Wahrscheinlicher sogar erst morgen. Wir können uns nicht darauf verlassen, hier herausgeholt zu werden. Wenn es uns nicht selbst gelingt, uns zu befreien, sind wir tot. Da wir beide keine Entfesselungskünstler sind, war es das dann wohl«, sagte Henni resignierend.

»Nein. So leicht werde ich nicht aufgeben.« Hörg versuchte seine Pfoten zu bewegen, aber der Knoten saß so fest, dass er nicht das kleinste bisschen nachgab.

Auch Henni versuchte jetzt, sich aus der Fessel zu befreien, hatte aber genauso wenig Erfolg wie sein Bruder. Mittlerweile erreichte das Wasser die beiden und begann ganz langsam zu steigen. Bereits den Kontakt mit der Brühe empfanden die Brüder als Strafe. Es gab wenig, was ein Lemming mehr hasste, als nass zu werden.

»Hilmer ist ein unfassbarer Vollidiot«, schimpfte Henni. »Wie kann man so blöd sein, einen Gefangenen zu verlieren, der gefesselt auf der Ladefläche liegt?«

»Er hat eben nicht damit gerechnet, dass Siegfried vom Wagen fällt.«

»Halt nicht auch noch zu ihm. Er hätte besser aufpassen müssen. Wir haben ihm diesen Drecksack auf dem Silbertablett serviert und er lässt ihn entkommen.«

»Das hilft uns jetzt auch nicht weiter.«

»Nein, Hörg. Und doch ist es ganz allein Hilmers Schuld, wenn wir hier ersaufen. Oder glaubst du wirklich, dass noch jemand kommt, um uns zu retten?«

»Vermutlich nicht.«

»Eben.«

»Trotzdem, Henni. Wir haben schon des Öfteren in scheinbar ausweglosen Situationen gesteckt und sie überlebt. Noch sind wir nicht tot.«

»Lange wird es nicht mehr dauern.«

»Wir müssen aufstehen!« Hörg drehte sich um und versuchte sich zu setzen. Da Siegfried seinen Gefangenen aber die Pfoten auf den Rücken gebunden hatte, verlor er dabei das Gleichgewicht und fiel mit dem Gesicht ins Wasser. Nach dem dritten Versuch gab er es auf. »Wir müssen irgendetwas finden, womit wir die Fesseln durchschneiden können.«

»Eine brillante Idee. Hier ist aber nichts. Der Raum ist völlig leer. Hier liegt ja noch nicht einmal ein Stein auf dem Boden, mit dem wir das Seil durchwetzen könnten.«

»Was ist mit den Wänden?«

Die Brüder untersuchten mit ihren Blicken das Holz. Leider fanden sie weder einen Nagel noch eine scharfe Kante, die sie als Messer umfunktionieren konnten. Offensichtlich hatte sich Siegfried sehr viel Mühe mit der Vorbereitung der Hütte gegeben, um den Gefangenen keine Chance zu lassen, sich zu befreien. Außerdem war es dem Entführer gelungen, die Tür so weit abzudichten, dass kein Wasser aus der Hütte hinauslaufen konnte. Die Falle war perfekt.

Die eiskalte Brühe bedeckte nun die Beine der Lemminge und sie mussten den Kopf heben, damit sie ihnen nicht in den Mund schwappte.

»Langsam wird es echt eng«, meinte Hörg.

»Was du nicht sagst«, gab sein Bruder schnaufend zurück. »In meinen gemeinsten Alpträumen hätte ich mir nicht vorstellen können, einmal so jämmerlich ersaufen zu müssen.«

»Lass uns versuchen zur Wand zu kommen«, schlug Hörg vor.

»Was soll das bringen?«

»Irgendetwas müssen wir tun, vielleicht gelingt es uns dort, uns aufzusetzen oder sogar hinzustellen.«

»Ich glaube nicht, dass das funktioniert.«

»Versuchen müssen wir es. Wir haben ja gerade nichts anderes vor.« Hörg rollte sich langsam in Richtung der Tür. Dabei musste er immer wieder die Luft anhalten, wenn er auf dem Bauch und so mit dem Gesicht im Wasser lag. Henni folgte dem Beispiel seines Bruders. Als sie die Wand mit dem Ausgang erreichten, waren sie völlig erschöpft und konnten kaum noch atmen. Sie wussten aber, dass sie sich jetzt keine Pause gönnen durften. Das Wasser stieg immer höher und liegend würden sie nur noch wenige Minuten überleben können.

Mit der Wand als Stütze gelang es den beiden, sich langsam in eine sitzende Position zu bringen. Trotzdem ging ihnen das Wasser bereits bis zum Bauch, als sie endlich mit dem Rücken am Holz lehnten. Beide waren nun mit ihren Kräften am Ende und atmeten schnaufend durch.

»Wir müssen uns hinstellen!«, feuerte Hörg seinen Bruder an.

»Und dann?«

»Gewinnen wir vielleicht eine weitere halbe Stunde.«

»Wir werden sterben. Jetzt oder eben in ein paar

Minuten. Es wird Zeit, dass du diese Tatsache akzeptierst.«

»Nein. Noch sind wir am Leben. Wenn ich auf dich gehört hätte, wären wir bereits tot.« Hörg stützte sich mit den Füßen ab und schob sich mit dem Rücken am Holz hoch. Weil auch die Füße zusammengebunden waren, musste er mit beiden Beinen gleichzeitig zurückspringen. Er wusste, dass er nach einem Sturz keine Chance mehr haben würde, sich aufzurichten, und dann zwangsläufig ertrank.

Henni schaute seinem Bruder skeptisch zu. Als dieser es aber schaffte, sich aufzustellen, folgte er seinem Beispiel.

»Mehr können wir jetzt nicht tun«, sagte Hörg, in dem jetzt ebenfalls jeglicher Hoffnungsfunke erloschen war. Das Wasser stand ihnen bereits bis zum Bauch und stieg immer weiter an.

»Siehst du jetzt ein, dass wir verloren sind?«

»Es scheint so zu sein. Siegfried wird sicher nicht zurückkehren und von den Weibchen können wir auch keine Hilfe erwarten. Wenn das Wasser weiter aus dem Rohr läuft, ist es in ein paar Minuten vorbei.«

»Es ist schon verrückt.«

»Was?«

»Wir haben dafür gesorgt, dass sich kein Lemming mehr umbringen muss, und sterben jetzt, bevor wir den 15. Lebensmonat beendet haben. Das wäre bei dir nämlich erst in drei Tagen so weit.«

»Daran habe ich gar nicht mehr gedacht«, sagte Hörg.

»Hättest du mir denn etwas geschenkt?«

»Vermutlich nicht.«

»Dachte ich mir.«

Das Wasser stand den Missionaren nun bis zum Kinn. Die letzten Minuten ihres Lebens hatten begonnen.

Hörg drehte den Kopf zu seinem Bruder, der ihn ebenfalls anschaute. „Ich danke dir", sagte er dann.
»Wofür?«
»Wir beide haben sehr viel gemeinsam erlebt. Es war mir eine Ehre, dein Freund und Bruder zu sein.« Hörg spürte, wie ihm die Tränen über die Wangen liefen. *Als ob nicht genug Wasser in diesem Raum wäre*, dachte er und schloss die Augen.
»Wir waren wirklich ein gutes Team. Ich werde dich im Jenseits vermissen.«
»Wenn es so etwas gibt.«
»Irgendwo werden wir schon hinkommen«, sagte Henni zuversichtlich. »Auch wenn es kein gelobtes Land gibt.«
In diesem Moment öffnete sich die Tür. Die Lemminge wurden völlig überrascht. Sie konnten sich nicht auf den Beinen halten und tauchten mit den Köpfen unter. Dann wurden sie von dem Sog ins Freie gespült.

33

Hörg brauchte einen Moment, sich zu orientieren. Er erinnerte sich, dass er bereits mit seinem Leben abgeschlossen und damit gerechnet hatte, irgendwo im Jenseits zu landen. Die brennenden Sonnenstrahlen in seinem Gesicht bewiesen ihm aber, dass er noch nicht tot war. Um ihn herum war alles nass. Hörg versuchte sich aufzusetzen, brachte aber zunächst nicht mehr als ein Zucken zustande. Er hätte schwören können, dass es keine Stelle an seinem Körper gab, die nicht schmerzte, auch sein Bauch, denn er hatte sicher mehr als einen Liter Wasser geschluckt.
Die heftige Strömung hatte ihn und seinen Bruder mindestens fünfzehn Meter von der Hütte weggespült.

Beide blickten sich zu ihrem Gefängnis um und sahen Norbert. Ihr Retter hing mehr an der Außenwand der Hütte, als dass er stand. Der Druck der aufschwingenden Tür hatte ihn regelrecht gegen das Holz gehämmert. Der Lemming blutete aus einer Platzwunde an der Stirn und schaute seine Arbeitgeber wirr an. Dann taumelte er einen Schritt vor und fiel bäuchlings auf den Boden.

»Norbert!«, rief Henni überrascht. »Ich hätte niemals gedacht, dass ich mich einmal so freue, dich zu sehen.«

»Warum haust du mich dann?«, fragte der Lemming benommen.

»Das war nicht ich, sondern die Tür. Du standest ungünstig. Die Wassermassen haben sie mit voller Wucht nach außen geschlagen. Da warst du leider im Weg.«

»Du hättest nicht eine Sekunde später kommen dürfen«, sagte Hörg und sah den Gehilfen, der ihnen bereits so viel Ärger bereitet hatte, dankbar an. Dieses Mal war er genau zum richtigen Zeitpunkt aufgetaucht. Die Missionare waren bereit, ihm dafür den ganzen Ärger der Vergangenheit zu verzeihen. Zumindest für den Moment.

»Ich habe Kopfschmerzen«, sagte Norbert und setzte sich auf.

»Die vergehen schon wieder«, gab Henni zurück. »Befreie uns erst einmal von den Fesseln.«

Norbert kroch zu den Brüdern und schnitt mit einem Messer die Stricke durch. Dann legte er sich auf den Rücken und atmete tief durch.

Als Henni sich wieder frei bewegen konnte, schüttelte er sich erleichtert das Wasser aus dem Fell. Hörg tat es seinem Bruder gleich. Dann ging er zu Norbert, half ihm auf und klopfte ihm auf die Schulter. Der Retter schrie vor Schmerz auf.

»Das tut mir leid«, entschuldige sich der Missionar sofort. »Ich dachte, dir tut nur der Kopf weh.«

»Der und ein paar andere Stellen«, entgegnete Norbert mit schmerzverzerrtem Gesicht.

»Nun erzähl schon«, forderte Henni ihren Retter ungeduldig auf. »Was ist passiert?«

»Ich habe mehr als zwei Stunden auf euch gewartet. Als ich dann noch immer nichts sah oder hörte, habe ich es nicht mehr ausgehalten. Ich dachte mir, dass es ja nicht so schlimm sein kann, wenn ich euch ein Stückchen entgegengehe. Der Spur des Wagens zu folgen, war nicht sehr schwer. Irgendwann kam ich dann zur Hütte. Ich hörte ein Rauschen und wollte nachsehen, was sich im Inneren tat. So habe ich euch gefunden. Ich hoffe, ihr seid mir nicht böse, dass ich gegen euren Befehl gehandelt habe.«

»Dieses eine Mal verzeihen wir dir gerne«, antwortete Hörg. »Du hast uns das Leben gerettet.«

»Und darüber bin ich sehr froh. Was hätte ich denn ohne euch tun sollen?«

Hörg sah Norbert überrascht an. Offensichtlich lag dem tollpatschigen Männchen sehr viel mehr an den Missionaren als diesen an ihm. Plötzlich tat es dem Erfinder leid, dass er Norbert in der Vergangenheit so abfällig behandelt hatte.

»Die Weibchen aus Gamma haben wir aber immer noch nicht gefunden.«

»Doch, Norbert«, entgegnete Henni. »Sie sind da drüben in einem Dachsbau unter dem Geröll gefangen. Wir müssen nur den Eingang freiräumen.«

»Dann sollten wir das jetzt tun, oder?«

»Nein«, beantwortete Hörg Norberts Frage. »Die

Weibchen sind schon so lange in dem Bau, dass es auf ein oder zwei Stunden nicht ankommt. Es kann ihnen im Moment nicht viel passieren. Wir schnappen uns erst Siggi. Ich habe ein sehr ernstes Wort mit dem Kerl zu reden.«

»Er ist immer noch bewaffnet«, gab Henni zu bedenken.

»Na und? Wir sind zu dritt. Wenn wir uns ein paar Steine nehmen, wird er mit seinem Knüppel wenig ausrichten können. Ich werde dieses Arschloch nicht entkommen lassen.«

»Du hast recht«, lenkte Henni ein. »Lass uns nicht noch mehr Zeit vergeuden. Schnappen wir uns den Kerl.«

Dank der Spuren des Wagens, war es für die drei Lemminge kein Problem, dem Entführer zu folgen. Der Weg brachte sie aus dem Tal hinaus und weiter den Hang nach oben.

»Wenn er sich in den Bergen versteckt hält, finden wir ihn nie«, sagte Henni.

»Das wird er nicht tun«, meinte Hörg. Er versuchte, seine Stimme überzeugend klingen zu lassen, was ihm aber nicht ganz gelingen wollte. Dennoch erwies sich seine Vermutung als wahr. Als die Lemminge die Kuppe des Berges erreichten, sahen sie weit vor sich Karla und ihren Wagen.

»Der will zum Fluss«, stellte Henni fest. »Eigentlich ist das nicht überraschend. Auf der anderen Seite kennt ihn niemand und er kann sich irgendwo niederlassen.«

»Die Suppe werden wir ihm versalzen«, antwortete Hörg entschlossen und lief den Hang auf der anderen Seite des Berges hinunter. Henni und Norbert zögerten keine Sekunde und folgten ihm.

Erst als die drei auf die Ebene gelangten, verringerten sie ihr Tempo. Siegfried sollte so spät wie möglich auf seine Verfolger aufmerksam werden. Außerdem brachte es ihnen wenig, wenn sie den Entführer völlig entkräftet erreichten. Sie mussten noch gegen ihn kämpfen können. Die drei waren noch ein gutes Stück vom Wagen entfernt, holten aber weiter auf.

»Jetzt kann uns der Mistkerl nicht mehr entkommen«, sagte Henni mit finsterem Blick.

»Ganz sicher nicht«, stimmte Hörg zu. »Ich freue mich schon auf sein Gesicht, wenn er uns erkennt.«

Siegfried fühlte sich offenbar sehr sicher. Er steuerte das Daxi mit gemächlichem Tempo immer geradeaus und blickte nicht ein Mal zurück. Seine Verfolger gingen zielstrebig hinter ihm her. So gelang es ihnen, die Distanz zu dem Entführer bereits nach einer Viertelstunde zu halbieren. Sie sprachen jetzt nicht mehr und achteten beim Laufen darauf, so wenige Geräusche wie möglich zu verursachen.

Als sie bis auf etwa dreihundert Meter an das Daxi herangekommen waren, blieb Karla plötzlich stehen. Sekunden später war über dem Wagen eine grünliche Wolke zu sehen. Henni und Hörg rannten los. Für sie bestand kein Zweifel daran, dass ihr treues Tier sich auf seine Weise gegen den neuen Besitzer gewehrt hatte. Einen besseren Moment hätte es sich dafür nicht aussuchen können. Norbert schaute seinen Arbeitgebern einen Augenblick irritiert nach. Dann lief auch er los.

34

Hörg erreichte ihren Peiniger als Erster. Dieser erwachte gerade aus seiner Bewusstlosigkeit und versuchte sich aufzusetzen. Der Missionar zögerte keine Sekunde und donnerte dem Entführer voller Zorn die Faust auf die Nase, woraufhin er sich wieder ins Reich der Träume verabschiedete.

»Sei nicht so grob«, sagte Henni lachend. »Wir wollten uns doch mit Siggi unterhalten.«

»Das können wir später noch tun. Zunächst müssen wir sicherstellen, dass uns dieser Drecksack nicht wieder entwischen kann. Helft mir mal.«

Henni, Hörg und Norbert fesselten Siegfried an den Pfoten und Füßen und warfen ihn dann einfach auf die Ladefläche des Wagens. Nachdem der Entführer versucht hatte sie zu ertränken, war es den Missionaren jetzt egal, ob er sich einen blauen Fleck mehr oder weniger zuzog. Sie setzten sich vorne auf die Bank des Wagens und befahlen Karla umzukehren. Zuerst wollten die Missionare zum Dachsbau, um die Weibchen zu befreien. Danach würden sie gemeinsam mit ihnen nach Gamma zurückkehren. Dort sollte der Gefangene an Jürgen übergeben werden, der wissen würde, welche Strafe für seine Taten am geeignetsten war. Hörg war sich sicher, dass der Kerl niemals wieder freikommen würde.

Die Lemminge hatten etwa die Hälfte der Strecke zurückgelegt, als Siegfried hinter ihnen aus seiner Bewusstlosigkeit erwachte und sich lautstark über seine Fesseln beschwerte. Sofort hielt Hörg das Daxi an, sprang vom Wagen und ging zu dem Gefangenen.

»Na, Siggi. Damit hast du wohl nicht gerechnet.«

»Wie seid ihr verdammten Schweinehunde aus der Hütte herausgekommen?«

»Du hättest besser warten sollen, bis wir wirklich tot sind«, antwortete Hörg und gab dem Gefangenen eine

Ohrfeige. »Dieses Mal wirst du nicht entkommen. Die Bürger aus Gamma werden sich bestimmt persönlich bei dir für das, was du ihnen angetan hast, bedanken wollen und gut auf dich aufpassen.«

»Ihr wollt mich ausliefern?«

»Natürlich. Oder hast du gedacht, dass wir noch einmal versuchen, dich nach Omega zu schaffen? Wir haben wegen dir schon genug Zeit verloren.«

»Das könnt ihr nicht machen!«

»Ach? Und wieso nicht?« Hörg schaute ihren Gefangenen finster an. »Dir muss klar sein, dass du von uns keine Gnade mehr zu erwarten hast. Nicht, nachdem du uns ertränken wolltest. Und jetzt schlaf weiter.« Der Missionar machte kurzen Prozess und schlug Siegfried den Handballen gegen die Stirn. Der stöhnte auf, verdrehte die Augen und verabschiedete sich erneut in die Bewusstlosigkeit.

»Findest du das jetzt nicht ein bisschen hart?«, fragte Henni, als sein Bruder wieder auf der Bank saß und Karla befahl weiterzulaufen.

»Nein. Ich hätte gute Lust, dem Kerl noch eine richtige Tracht Prügel zu verpassen. Sicher werden dies auch die Weibchen tun wollen, wenn wir sie erst einmal befreit haben. Wir sollten ihnen den Vortritt lassen.«

Ohne weitere Zwischenfälle erreichten sie den verschlossenen Dachsbau. Dort begannen die Missionare und ihr Helfer sofort damit, das Geröll vom Eingang wegzuräumen. Die Gefangenen im Innern schienen zu merken, dass sich draußen etwas tat, und schrien verzweifelt um Hilfe.

»Keine Panik!«, rief Henni zurück. »Wir werden euch aus dem Loch herausholen.«

Mit vereinten Kräften gelang es den drei schnell, eine

Öffnung zu schaffen, die groß genug war, dass die Gefangenen ins Freie kriechen konnten. Die ersten Weibchen wollten sich sofort auf Hörg stürzen, doch der hob abwehrend die Hände.

»Jürgen hat uns geschickt«, erklärte er schnell. »Wir sind eure Freunde. Euer Entführer liegt hinten auf unserem Wagen und träumt. Wenn ihr eure Wut an jemandem auslassen wollt, geht zu ihm.«

Das ließen sich die Weibchen nicht zweimal sagen. Zu fünft fielen sie über Siegfried her, der gerade wieder erwacht war und nicht wusste, wie ihm geschah. Doch die Missionare waren für ihren Gefangenen verantwortlich und durften nicht zulassen, dass Siegfried von den zornigen Frauen erschlagen wurde. So eilte Hörg ihm notgedrungen zu Hilfe.

»Haltet ein, holde Damen«, schrie er. »Ihr dürft Siggi nicht kaputt machen. Eure Männchen werden sich bestimmt auch noch bei ihm bedanken wollen. Wenn ihr ihn jetzt umbringt, ist das ein viel zu gnädiger Tod für seine Taten.«

Den Weibchen fiel es sichtlich schwer, dem Wunsch ihres Retters nachzukommen. Dennoch ließen sie von ihrem Entführer ab, setzten sich auf den Boden und warteten, bis alle aus dem Bau gekrochen waren. Es bildete sich nun eine Schlange vom Dachsbau bis zum Wagen. Eine nach der anderen gingen die befreiten Weibchen an Siegfried vorbei und spuckten ihm ins Gesicht.

Norbert und die beiden Brüder betrachteten die Szene belustigt und unternahmen nichts weiter, um dem Gefangenen zu helfen. Erst als die komplette Meute an ihm vorbeigezogen war, ging Hörg zum ehemaligen Regenten.

»Hi, Siggi. Ist es nicht schön, die vielen Weibchen

wiederzusehen? Sie haben sich mächtig gefreut, dass du zu ihnen zurückgekehrt bist. Ich könnte mir zwar etwas Schöneres vorstellen, als mich von ihnen drangsalieren zu lassen, aber im Moment scheinen sie alle sehr auf dich zu stehen.«

»Halt dein dreckiges Maul, du Mistkerl.«

»Aber, aber. Es gibt keinen Grund jetzt beleidigend zu werden. Immerhin habe ich den Damen gesagt, dass sie dich nicht umbringen sollen. Zählt das etwa nicht?«

»Ich wäre lieber tot, als mich von euch nach Gamma schleifen zu lassen.«

»Das hättest du dir früher überlegen sollen«, sagte Henni, der nun ebenfalls an den Wagen herangekommen war. »Lass uns fahren, Hörg. Wir sollten die Männchen nicht länger als nötig auf die Rückkehr ihrer Lieben warten lassen. Ich bin sicher, dass viele von ihnen noch heute Nacht erste Tests mit den Kaubonbons machen wollen.«

Auch die Weibchen hatten es jetzt eilig, nach Hause zu kommen. Die Missionare hatten Mühe, mit ihrem Daxi mit der Gruppe Schritt zu halten. Je näher die ersten Häuser kamen, umso schneller liefen sie auf ihr Ziel zu. Die Freude, als die Weibchen durch die Straßen der Stadt strömten, kannte keine Grenzen. Die Männchen stürmten aus ihren Häusern und nahmen ihre Partnerinnen freudig in die Arme. Auch Jürgen kam aus dem Palast heraus und eilte auf die Helden zu, um sie für ihre Taten zu beglückwünschen.

»Wie ich sehe, habt ihr nicht nur unsere Weibchen befreit, sondern auch den Entführer überwältigt und die Schätze zurückgebracht«, sagte der Regent strahlend. »Wir werden euch das niemals vergessen. Was immer wir als Dank für euch tun können, ihr braucht eure Wünsche nur zu nennen.«

»Wir sind ebenfalls froh, dass alles gut ausgegangen ist«, sagte Henni. »Fast wäre es dem Mistkerl gelungen, uns umzubringen. Die Weibchen hätte er auch dann nicht wieder freigelassen.«

»Was soll das heißen?«

»Er hat sie in einem alten Dachsbau gefangen gehalten und den Eingang verschüttet«, sagte Hörg. »Wenn ihr sie darin nicht irgendwann gefunden hättet, wären sie verhungert.«

»Dafür wird er uns büßen.« Jürgen sah voller Zorn zu Siegfried, der noch immer auf der Ladefläche des Wagens lag. Die anderen Männchen der Stadt hatten bisher allerdings noch keine Notiz von dem Entführer genommen und stattdessen nur Augen für ihre Weibchen. »Werft ihn in den Kerker!«

Zwei der Wachen gingen zum Wagen und zogen den Entführer von der Ladefläche.

»Ihr müsst gut auf ihn aufpassen«, sagte Hörg. »Wir wollen ja nicht, dass er aus der Zelle entkommt.«

»Darf ich das machen?«

»Was meinst du, Norbert.«

»Ich möchte ihn bewachen, Hörg.«

»Warum denn das?«

»Vergiss nicht, dass wir beide aus Beta stammen. Auch ich habe noch eine Rechnung mit unserem ehemaligen Regenten offen. Solange wir hier sind, kann ich achtgeben, dass der Kerl keine Dummheiten macht.«

»Wenn Jürgen einverstanden ist, soll es mir recht sein. Pack aber vorher noch die Kisten mit unserer Ware auf den Wagen und bring das Daxi zum Versammlungsplatz.«

»Ich habe nichts dagegen, wenn sich euer Gehilfe um den Gefangenen kümmert«, sagte der Regent. »Habt ihr sonst noch einen Wunsch?«

»Es gibt tatsächlich etwas, was du für uns tun kannst«, sagte Henni. »Wir müssen noch heute eine Vollversammlung einberufen. Wie du weißt, sind wir nicht zufällig hierher in die Stadt gekommen. Es gibt ein paar wichtige Dinge, die wir euch mitzuteilen haben.«

»Hat das nicht Zeit bis morgen?«, fragte Jürgen überrascht.

»Leider nicht. Lasst ihnen zwei Stunden, um sich zu erholen. Dann sollen alle auf den Platz vor dem Palast kommen. Was wir zu sagen haben, wird nicht allen Bürgern der Stadt gefallen. Vielleicht hilft ihnen die Freude über die Rückkehr ihrer Partnerinnen über den ersten Schrecken hinweg, den die Neuerungen in unserem Volk bei ihnen auslösen werden.«

Auch wenn ihm die Fragen ins Gesicht geschrieben standen, machte sich Jürgen sofort daran, die Bitte der Missionare zu erfüllen. Er gab seinen Wachen den Befehl, alle Bürger sofort zu informieren und kehrte dann zu den königlichen Beratern zurück. »Ich nehme an, dass auch ihr euch vor der Versammlung noch einen Moment ausruhen wollt.«

»Gerne«, antwortete Hörg dankbar. »Lasst uns in den Palast gehen.«

35

Zwei Stunden später stiegen Henni und Hörg mit dem Regenten der Weststadt auf das Podium, das eilig in der Mitte des Platzes aufgebaut worden war. Als die Missionare das Podest betraten, kannte der Jubel der Massen keine Grenzen. Die Bürger der Stadt feierten ihre Helden und ließen sie hochleben. Hörg war aber klar, dass die Stimmung sehr schnell umschlagen würde, wenn er erst einmal über den Grund für die Versammlung gesprochen hatte.

Zunächst aber übernahm Jürgen das Wort. Er ging mit stolzgeschwellter Brust an das Rednerpult und hob die Arme. Die Bürger der Stadt verstummten und sahen ihren Regenten erwartungsfroh an. »Meine lieben Freunde«, sprach er zu seinem Volk und deutete dann auf die Brüder. »Diese furchtlosen Lemminge, Henni und Hörg, kamen in der Stunde unserer größten Not hierher und haben uns unter Einsatz ihres eigenen Lebens, unsere Weibchen zurückgebracht, die von einem verwirrten Geist entführt worden waren.«

Der Jubel, der nach diesen Worten über den Platz donnerte, unterbrach die Rede des Regenten. Völlig außer sich schrien die Bürger der Stadt die Namen des Regenten und ihrer ruhmreichen Helden. Dieses Mal half es auch nicht, dass Jürgen die Hände hob, um sein Volk zu beruhigen. Es dauerte fast fünf Minuten, bis er mit seiner Ansprache fortfahren konnte.

»Es gibt aber noch einen anderen Grund, der unsere Gäste in diese Stadt führte. Hiervon sollen sie euch aber selbst erzählen.«

Hörg trat an das Rednerpult und sofort schwoll der Jubel wieder an. »Zunächst möchte ich euch sagen, wie froh auch ich bin, dass wir dem Entführer das Handwerk legen und die Weibchen wohlbehalten zurückbringen konnten. Der Kerl sitzt jetzt im Kerker des Palastes und wird diesen wohl nicht so schnell wieder verlassen. Mein Bruder und ich möchten euch nun aber von wichtigen Neuerungen in den Gesetzen unseres Volkes berichten, die in Omega ihren Ursprung haben.«

Die Lemminge auf dem Platz wurden nun sehr leise. Jeder wollte hören, was ihnen die beiden Fremden mitzuteilen hatten. Noch waren sie in prächtiger Stimmung, aber Hörg wusste nur zu gut, dass diese nicht mehr lange anhalten würde.

»Wie ihr wisst, springen wir Lemminge bereits seit vielen Generationen vom Todesfelsen aus in den Tod, um in das gelobte Land einzuziehen. Unser neuer Regent, König Hilmer, hat nun gemeinsam mit seinen Freunden aufgedeckt, dass die Lehren des Propheten Wonibalt falsch sind und Helmut und die Könige vor ihm unser Volk betrogen haben.«

Wieder drangen Schreie über den Platz. Dieses Mal erklangen sie aber nicht aus Freude und Begeisterung, sondern waren ein Zeichen aufkommender Panik unter den Bürgern der Stadt. Selbst Jürgen stand wie angewurzelt auf dem Podest und sah Hörg entsetzt an.

»Warum sollte ein König so etwas tun?«, fragte einer der Lemminge vor dem Podium.

»Helmut und seinen Vorgängern ging es darum, Macht auszuüben und das Volk unter Kontrolle zu halten. Außerdem sollte die Anzahl der Lemminge durch die Massenselbstmorde konstant gehalten werden. Wir haben unseren geplanten Todestag schon als Welpen gekannt und es als selbstverständlich angesehen, zu diesem Zeitpunkt über den Schicksalsberg zu gehen. Die Lehren des Propheten hat niemals jemand hinterfragt. Bis Hilmer kam.«

»Der Kerl hätte mal lieber wegbleiben sollen«, schrie einer der Lemminge. Die anderen sahen Hörg nur erschüttert an oder weinten leise vor sich hin.

»Nein«, entgegnete Hörg. »Dem neuen König ist es zu verdanken, dass unserem Volk die Augen geöffnet wurden. Gemeinsam mit dem Rat der vier Weisen wird er den Lemmingen ein guter und weiser Regent sein.«

Jürgen räusperte sich, trat zu dem Missionar und legte

ihm die Hand auf die Schulter. »Ist es wirklich wahr, was du uns hier erzählst?«

»Das ist es. Ihr solltet euch freuen und gemeinsam einer neuen und glücklicheren Zukunft entgegensehen. Nachdem die Familien der Stadt wieder vereint sind, könnt ihr euch jetzt den vielen angenehmen Dingen widmen, die das Leben zu bieten hat. Mein Bruder und ich haben ein Mittel entwickelt, dass euch hierbei sehr gute Dienste leisten wird.«

Wie auch schon in den beiden anderen Städten übernahm nun Henni das Wort und stellte den Bürgern ihr Produkt vor. Es zeigte sich, dass es absolut richtig gewesen war, mit der Versammlung nicht bis zum nächsten Tag zu warten. Die Lemminge reagierten bei Weitem nicht so geschockt und ablehnend auf die Neuerungen, wie es die Missionare in den anderen Orten erlebt hatten.

Die Kaubonbons fanden reißenden Absatz und es dauerte nicht lange, bis der Vorrat der Brüder ausverkauft war. Sie versprachen den enttäuschten Weibchen aber, dass sie sich noch an diesem Tag um Nachschub kümmern wollten.

»Ihr habt den Leuten einen ganz schönen Schrecken eingejagt«, sagte Jürgen, nachdem sich der Platz langsam geleert hatte.

»Sie haben es überraschend gut aufgenommen«, entgegnete Henni. »Ich bin mir sicher, dass es keine Probleme mehr geben wird und ihr hier nun glücklich und zufrieden leben könnt.«

»Das denke ich auch. Ich werde aber trotzdem in zwei Wochen zu einer Reise nach Omega aufbrechen.«

»Warum das?«, fragte Hörg verwundert.

»Ich möchte den Schicksalsberg wenigstens einmal sehen. Außerdem kann ich die Gelegenheit nutzen, den neuen König zu besuchen. Ich bin sehr gespannt darauf, ihn kennenzulernen.«

»Hilmer wird sich bestimmt freuen«, sagte Henni. »Auch für ihn ist es wichtig, die Regenten der einzelnen Städte persönlich zu treffen und sich mit ihnen zu beraten.«

»Was werdet ihr jetzt tun?«

»Wir reisen morgen früh gleich weiter«, antwortete Hörg. »Wir wollen über den Fluss nach Delta. Auch dort müssen die Lemminge darüber informiert werden, dass sie sich nicht mehr selbst umbringen dürfen.«

»Freuen werden sie sich nicht.«

»Nein, Jürgen«, sagte Hörg. »Bisher haben das aber die wenigsten getan.«

»Was ist mit eurem Daxi?«

»Was soll damit sein?« Henni schaute Jürgen irritiert an. »Das nehmen wir natürlich mit.«

»Ich denke nicht, dass dies eine gute Idee ist.«

»Wieso das?«

»Ihr werdet den Wagen nicht über den Fluss bekommen. Ich war selbst schon einige Male am Ufer. Es existieren keine Brücken und die wenigen Boote, die es gibt, sind zu klein, um das Daxi darauf zu transportieren. Ihr werdet es also zurücklassen müssen.«

»Karla hat uns bisher gute Dienste geleistet«, sagte Hörg. »Wir werden sie bestimmt nicht an irgendeinen Händler verkaufen.«

»Deswegen spreche ich das Thema ja an«, sagte Jürgen. »Ihr könntet euer Zugtier mit dem Wagen hier im Stall des Palastes unterstellen, bis ihr von eurer Mission zurückkehrt. Ich verspreche, dass meine Leute sich gut um das Daxi kümmern werden.«

»Das wäre sehr großzügig von dir«, sagte Henni.

»Nicht nach allem, was ihr für uns getan habt. Wenn ihr wollt, kann auch euer Gehilfe hierbleiben und sich persönlich um das Tier kümmern.«

»Das gefällt mir sogar noch besser«, stimmte Hörg strahlend zu. »Zwischendurch kann er ja hin und wieder nach Siggi sehen. Es wird ihm Spaß machen, seinen ehemaligen Regenten noch ein bisschen auf die Schippe zu nehmen.«

»Dann ist es beschlossene Sache«, sagte Henni. »Mein Bruder und ich reisen morgen früh ab und Norbert bleibt mit Karla bei euch.«

36

Am nächsten Morgen machten sich die Missionare zeitig auf den Weg zu ihrem letzten Ziel. Jürgen ließ es sich nicht nehmen, die Brüder persönlich zu verabschieden und mit einem angemessenen Proviantpaket zu versorgen. Einige der Bürger der Stadt standen an den Straßen und jubelten ihren Helden zum Abschied zu.

»Ich gebe zu, dass es mir nicht gefällt, laufen zu müssen«, sagte Henni, als sie die Stadtgrenze erreichten. Die Sonne brannte erbarmungslos auf die Lemminge herab und würde ihnen schnell den Schweiß aus allen Poren treiben.

»Das stimmt schon«, gab Hörg zu. »Dennoch hat Jürgen recht. Wenn wir Karla nicht mit über den Fluss nehmen können, ist es besser, sie bleibt hier.«

»Du freust dich doch nur, Norbert losgeworden zu sein.«

»Auch das stimmt.«

Beide Brüder brachen in schallendes Gelächter aus. Trotz der Anstrengungen waren sie froh, wieder unterwegs zu sein. Bisher hatten sie alle Gefahren gemeistert. Sie waren sicher, dass dies auch in Delta nicht anders sein würde. So machten sie sich also gut gelaunt auf den Weg bis zum Ufer des Flusses. Dort würden sie schon eine Möglichkeit finden, wie sie ihn überqueren konnten.

Als es dämmerte, steuerten die Brüder eine kleine Herberge an, um dort die Nacht zu verbringen.

»Schade, dass wir keine Kaubonbons mehr haben«, sagte Henni, als sie sich später auf ihrem Lager ausgestreckt hatten.

»Ohne Karla hätten wir sie sowieso nicht mitnehmen können. Warte mal ab, wie sich die Dinge weiter entwickeln. Zur Not können wir unser Mittel ja in Delta produzieren. Auf lange Sicht würde sich eine Zweigstelle auf der anderen Seite des Flusses bestimmt lohnen.«

»Das müssen wir Hilmer ja nicht unbedingt erzählen. Dann können wir den Gewinn für uns behalten.«

Während Henni in Gedanken bereits die erhofften Geldscheinchen zählte, fiel Hörg sehr schnell in einen tiefen, traumlosen Schlaf. Die Anstrengungen der letzten Tage hatten ihre Spuren hinterlassen.

Als die beiden am nächsten Morgen das Gasthaus verließen, traf sie der Schock mit voller Wucht und sie fühlten sich, als seien sie vom Blitz erschlagen worden.

»Das darf doch alles nicht wahr sein«, rief Hörg entsetzt und schlug sich die flache Hand vor die Stirn.

»Was in Etnas Namen tust du denn hier?«, entfuhr es Henni.

»Ich hatte gehofft, dass ihr beiden in dieser Herberge übernachtet», antwortete Norbert und sah die Brüder freudestrahlend an.

»Aber warum?«, jammerte Hörg. »Wieso bist du nicht mehr in Gamma?«

»Ich konnte euch schlecht allein über den Fluss gehen lassen. Keiner kennt die Gegend dort und wer weiß, welche Gefahren euch auf der anderen Seite erwarten? Einer muss ja schließlich auf euch aufpassen.«

»Und du denkst, dass du der Richtige dafür bist?«

»Natürlich, Henni. Vergiss nicht, wer euch das letzte Mal vor dem Ertrinken gerettet hat.«

Diesem Argument hatten die Missionare nichts entgegenzusetzen. Dennoch war beiden anzumerken, dass sich die Freude über das unerwartete Wiedersehen in Grenzen hielt.

»Du solltest dich doch bis zu unserer Rückkehr um Karla kümmern«, sagte Hörg und musste sich mit aller Macht zwingen, nicht auf ihren Gehilfen loszugehen.

»Das Daxi ist bei Jürgen in guten Händen. Er hat mir versprochen, dass es im Stall des Palastes gut behandelt wird. Ich war sehr überrascht, als er mir sagte, dass ihr die Stadt bereits verlassen habt.«

Die königlichen Berater überhörten den vorwurfsvollen Unterton in Norberts Stimme und sahen sich ratlos an. Beiden war klar, dass sie den Kerl jetzt nicht wieder zurückschicken konnten. Er würde sie auf der weiteren Reise begleiten, ob ihnen das passte oder nicht.

»Es ist sehr bedauerlich, dass du nicht ein einziges Mal das tun kannst, was wir beide von dir verlangen«, sagte Hörg ärgerlich.

»Ihr freut euch also nicht?«

»Freuen ist nicht der richtige Ausdruck«, murrte Henni.

»Dabei bin ich fast die ganze Nacht über gelaufen.«

»Dazu hat dich keiner gezwungen«, sagte Hörg. »Auch wenn du dich jetzt sicher gerne ausruhen würdest, werden wir unsere Reise sofort fortsetzen. Wenn du Hunger hast, nimm dir etwas aus meinem Rucksack.«

»Jürgen hat mir Proviant mitgegeben. Von mir aus kann es losgehen. Ich habe ein paar Stunden unter einem Baum geschlafen.«

So machten sich die drei Lemminge in durchaus unterschiedlicher Stimmung auf den weiteren Weg. Hörg war davon überzeugt, dass es jetzt nicht mehr schlimmer werden konnte, und ging schweigend neben seinem Bruder her. Norbert folgte den königlichen Beratern auf dem Fuß und pfiff vergnügt vor sich hin.

Sie überquerten einen schmalen Pass und erreichten den Fluss am Mittag. Weit und breit war weder ein Lemming noch ein anderes Wesen zu sehen. Die Reisenden setzten sich ins Gras und schauten auf die Wasseroberfläche, in der sich die Sonnenstrahlen spiegelten.

»Wie kommen wir jetzt auf die andere Seite?«, fragte Hörg.

»Ich werde auf keinen Fall schwimmen«, antwortete Henni.

»Davon hat auch keiner gesprochen. Wir müssen uns etwas anderes einfallen lassen.«

»Wir könnten ein Boot bauen«, schlug Norbert vor.

»Und wie willst du das anstellen?«, gab Hörg ärgerlich zurück. »Hier gibt es nicht einmal Holz.«

»Was ist mit den Bäumen?«

»Sollen wir sie vielleicht mit unseren Zähnen durch-beißen? Vergiss es, Norbert. Es muss eine andere Möglichkeit geben.«

»Vielleicht kann ich euch helfen.«

Blitzschnell drehten sich die drei Lemminge um und starrten den Sprecher überrascht an. Henni war der Erste, der seine Sprache wiederfand.

»Hallo, Knut«, begrüßte er den Maulwurf. »Ich freue mich sehr, dich zu sehen. Hast du es dir doch anders überlegt und willst deine Familie besuchen?«

»Ja. Eure Worte haben mir zu denken gegeben. Als ihr weg wart, habe ich lange vor mich hin gegrübelt. Schließlich bin ich zu dem Ergebnis gekommen, dass ihr beiden recht habt und es mir nichts bringt, wenn ich allein in meinem Bau versauere. So habe ich mich entschlossen, euren Rat zu befolgen und die Reise auf die andere Seite des Flusses anzutreten.«

»Wie willst du über das Wasser kommen?«, fragte Hörg, nachdem er den Maulwurf begrüßt hatte.

»Nicht darüber«, antwortete Knut. »Ich werde einen Tunnel unter dem Fluss hindurch graben.«

»Und du glaubst, das kann funktionieren?«

»Ja. Ihr werdet schon sehen. Spätestens morgen früh werden wir auf der anderen Seite sein.«

»Worauf warten wir dann noch«, sagte Henni freudig. »Wir werden dir helfen, dann geht es vielleicht noch schneller.«

»Das ist nett gemeint, aber das mache ich lieber allein. Graben ist eine Arbeit für Maulwürfe, nicht für Lemminge.«

Knut begann sofort, seinen Plan in die Tat umzusetzen. Unter den staunenden Blicken der Reisenden verschwand der Maulwurf im Boden vor ihren Füßen. Henni, Hörg und Norbert blieb nichts anderes übrig, als zu warten, bis Knut mit seiner Arbeit fertig sein würde. Sie setzten sich wieder ins Gras und freuten sich auf die kommenden Abenteuer und ihre Artgenossen in Delta.

ENDE